春风酿山河

泽殷 zern 著

CNS PUBLISHING & MEDIA 中南出版传媒
湖南文艺出版社
HUNAN LITERATURE AND ART PUBLISHING HOUSE

图书在版编目(CIP)数据

春风酿山河/泽殷zern著.--长沙:湖南文艺出版社,2024.1
ISBN 978-7-5726-1507-8

Ⅰ.①春… Ⅱ.①泽… Ⅲ.①长篇小说－中国－当代
Ⅳ.①I247.5

中国国家版本馆CIP数据核字(2023)第229796号

春风酿山河
CHUNFENG NIANG SHANHE

作　　者：泽殷zern
出 版 人：陈新文
责任编辑：李　阔
出版统筹：邓　理
选题策划：杨　旋　陈　丽
平台策划：赵元尧
封面绘制：晓　歌
插图绘制：晓　歌　西　瓜
装帧设计：罗静颖　杨　露
出版发行：湖南文艺出版社
（长沙市雨花区东二环一段508号　邮编：410014）
网　　址：www.hnwy.net
印　　刷：湖南天闻新华印务有限公司
经　　销：新华书店
开　　本：880mmx1230mm 1/32
字　　数：157千字
印　　张：7
版　　次：2024年1月第1版
印　　次：2024年1月第1次印刷
书　　号：ISBN 978-7-5726-1507-8
定　　价：42.00元

目录

上卷

春风酿山河

壹

锦屏的娘很早就死了，她临死前，只给女儿留了条帕子。

及笄之后，锦屏用它丢给过全城的郎君，可惜丢得帕子都卷边了，也没能嫁得出去。

这几日城里都在传，有崔氏子自上京来到滁州，要在城中竹林里举办雅集。她连忙叫上侍女小梅，穿上家中最好的行头，带上帕子就出门了。

为了衬托主子的美貌，小梅把脸涂得黢黑，到地方以后，只用一对明亮的眼珠子四处张望。

“咦，若个郎君眼生。”

青林翠竹，曲水流觞。

两人将眼神投向少年们聚集的地方，只见中间确然是个陌生面孔，再听人群中大呼小叫，唤的皆是崔小郎。

“他便是崔家子？”

对方品貌俊秀，看着还有些许稚嫩。

在大邺，崔氏虽不是顶级世家，但也不算末流，且这崔小郎虽然是养在嫡母名下的，却只是个庶子。

如此，可以下手。

锦屏朝小梅使了个眼色，正要行动，就听耳旁人声一清，落针可闻。

少男少女们纷纷朝那处望去。

有风鸣竹，贵人将至。

她一见，连忙拉着小梅退至小径。

身后，木屐的声音传来，来人走过石板地，在竹席前停下。

此际清晨白日，将来人映照如姑射之雪，仿佛日光再浓便会化去。

两名婢女为贵人脱去木屐，划袜轻轻步上，在青竹座席上摩擦，发出轻微的沙沙之声。

澹静而优雅。

只见崔小郎越众而出，面色殷殷：“表哥。”

要说全城男子都受过锦屏的帕子，那自然是不可能的。至少有一个，她是万万不敢沾惹。那就是王家嫡子，王玙。

王家乃世家之首，哪怕是庶子，也不是一个小小末等氏族庶女可以攀附的，更何况此人是少有的清名，更有一个长公主出身的母亲。

因此她带着小梅躲在林下，眼睁睁看着王玙与那崔小郎叙了许久，直到其他人都散入竹林飞觞，崔小郎才别了王玙，渐渐往深处走。

锦屏觑准了空子，随即带着小梅抄近路，将帕子扔在他必经的竹道上，这之后，便施施然往前走。

不到一息，便听到身后紧追而来的脚步声："女郎，你帕子掉了！"

她这才会心一笑，缓缓回头。肩要平，眉要舒，唇角的弧度要自然柔和，从每个角度看都要完美无瑕。

对方眼中，便出现了一位窈窕美貌的少女。一身似烟气、似云气的衣裳笼着她如花抽苞的娇躯，更显身段柔美修长，容颜恰似琼花绽放，身段宛如袅袅轻舟。

见崔小郎眼神呆直，她低头抿唇，恰到好处地一笑："是，多谢郎君。"

见这美丽的少女回话，对方连忙弯腰一揖："小可崔湛，见过女郎。"

崔湛一副清癯容长的脸儿，神情十分温和，看起来很好相处的样子。

锦屏越看越满意，便没有接他还回来的帕子，而是柔柔回礼："原是上京崔氏，小女子从小耳濡目染，一贯听闻崔氏开国之功，更闻贵家《崔氏家训》，乃大邺训诫子弟第一书，可惜无缘拜读。"

见她言语中多有溢美之词，崔湛激动得脸色泛红："怎会无缘？若小娘子愿意，我现在便遣仆人取来！"

"这如何使得？"

小郎君闻言，声音更急切了："使得使得，日落之前，必将送至小娘子手里！”

闻言，她自是抿嘴一笑。

之后，两人便沿着小径漫走。

再看小梅，已经懂事地落在身后老远了。

行至深处一凉亭，还没聊上两句，前方忽然行来一老仆。

“小郎，王郎君唤你去。”

崔湛有些不舍，但还是依依离去了。

离去前，他千叮咛，万嘱咐，说自己一定很快回来，让她在此地稍待。

呵呵，锦屏在心中冷笑。她若等在这里，不就自落了身价了？

然而她还是等了。

这一等，便等到了日落西山。

猿鸟乱鸣，夕日欲颓，鸟鸣兽啼渐渐沉寂，青竹落下瘦长阴影。

已然等不住的小梅攀住主子肩膀，神色委屈：“女郎，我肚饿。”

锦屏安慰她：“再忍忍，兴许就等到了呢？”

话音未落，远处忽然传来不急不缓的步音，声音越来越近，随风送来阵阵淡淡的沉水香……

她回身一看，顿时浑身僵硬。

皎皎天上月，倏忽在眼前。

再看那明月手执一方银鼠色帕子，四角都已泛白，看起来十分眼熟。

“女郎在等的，是这个吗？”

贰

北斗阑干，竹影横斜。

月下玉郎缓缓而来，一身霜色长衣，几缕发丝垂在冷白色肌肤上，衬得黑的愈黑，白的愈白，如一座精美的玉雕。

如果他的目光不那么轻蔑、嘲弄的话，就更美了。

锦屏心里一沉，表面还要强颜欢笑：“是，多谢郎君。”说着便伸手去接。

说迟但快，对方已然手一扬，让她扑了个空。

“上上个月，你失手倒了桓九一身酒水。

“上个月，你跌了一跤，直接跌进谢二郎怀里。

“这个月，你又来祸害崔家单纯的小郎？”

都说王玙清风朗月，有玉山之美，说这些话的人，一定没见识过他这副口吻酷烈，面色寒如霜雪的样子。

“崔湛虽为庶子，却是在嫡母精心教养下长大，你以为他能看上你？”

“哼，白费心机！”

锦屏面前一暗，却是王玙隔空丢来一物。

他眼神嫌恶，仿佛扒光了她浑身的衣裳，叫人难堪极了！

锦屏被丢来的帕子直接打在脸上，好一阵子没作声。

王玙能历数她的作为，在他眼里，她恐怕早已是个彻头彻尾轻浮浪荡的女子了。

她平息了一下心气，这才低下头，发出细细泣声：“王郎将我了解得仔细，连我耶娘都自愧不如……”

王玙闻言，一双怠目顿时紧凝，如同一柄开刃的利剑指来，却见眼前柔弱的少女绞着帕子，满面娇羞地迎向他的冷冽：“我懂了，郎君是心中爱我！”

“既如此，我不嫁崔郎了，干脆就嫁给你吧！”

语罢，见他面色大变，锦屏这才痛快了。

正要扬袖潇洒而去，却不知为何用力过猛，扭头摔了个狗啃泥，一身雪浪似的衣裙全滚在泥地里，趴在地上半天爬不起来。

而身后的王玙居高临下地俯瞰她，完全没有要伸出援手的意思。

待她好不容易扶着小梅爬起来，只听一声铮鸣，却是对方正了正腰间古朴的佩剑，神色从容澹静。

“记住，离崔家小郎远些。”

她这次没反驳，而是默然起身，扶着惶恐的小梅踽踽离开了。

一路到家，后脊早已湿透。

这位王家嫡子少入朝堂，一生顺风顺水，向来生杀予夺，说一不二，如此清高孤傲之人，又怎会容许一个小小庶女的冒犯？

此番被言语上占了便宜，居然立时起了杀心。

方才，若不是她恰巧跌了极惨烈的一跤，引得对方轻视，现下……

恐怕早已是一具尸体了！

叁

锦屏到家才发现，她那帕子，和节操一齐丢在竹林了。

嫡妹锦绣见她失魂落魄地坐在廊下，上来便旁敲侧击："怎样？又被崔小郎拒绝了？"见她理都不理，锦绣在一旁柔声劝诫，"锦屏，若实在无人娶你，待我出嫁时，你便作我的陪嫁好了。"

锦屏无动于衷。

第一次听妹妹这样说，她恨得咬碎银牙，回房便将一应布置摔得稀烂，对着小娘的画像哭了一晚上。

凭什么？

凭什么妹妹可以做妻，她却只能做妾？

后来听得多了，便也习惯了，南锦绣姿色平平，不过想让她代为笼络丈夫的心罢了。

想得倒是美，只不过父亲未必答应。毕竟南锦屏上面六个庶姊，都被他卖给了高门做妾，以换取功名呢！

见她沉默不语，南锦绣更加得意，凑近了笑吟吟道："后日弘夙大师在鸿恩寺译经，普讲《游玄论》，世家子弟齐聚，母亲会让我相看桓家子，你与我同去吧？"

奇哉怪也。

今日竟有如此好心，也不怕被她抢了风头？

还不止如此。

出发那天，南夫人特意命自己房中的侍女为锦屏梳妆，同时送来一件绯红的春衫。

从来都是捡南锦绣旧衣过活的她，头一次高兴不起来。只因这衣服剪裁合宜，显然是为她特制的新衫。明明是给亲女相看，为何要给她裁衣?

然而，即便心中再不情愿，锦屏也不敢开罪嫡母，仍是随着车马，一路浩浩荡荡往鸿恩寺去了。

晌午之后，车马行至山下，南家数十人沿着曲径徐上。只见松杉掩着寺门，群山耸峙，古殿依稀。

几名僧人带路到山后精舍，南家两姐妹戴着面巾，一左一右伴随在南夫人身边。

路过一处百人队列的氏族队伍，南夫人连忙将姐妹俩拉至一边："瞧，那便是桓家人。"

锦绣闻言，脸上笑出花儿："桓五郎也在吗？"

桓五是近期向她提亲的人选里家世最好的一个，虽为旁支子弟，却为嫡子，且背靠主家财力丰厚，总之南夫人是极满意的。

当下便笑眯眯地指给她看："那前面墨绿纱袍，头戴玉冠的，便是桓五，女儿站在树下，可仔细瞧瞧。"

只那一眼，两姐妹同时倒吸一口凉气。

南夫人喜滋滋道："如何？"

只见此人身长共四尺，玉冠占一尺，鞋底又厚一尺，这要是站在锦绣身旁，倒可以被她夹在胳肢窝下，轻松提溜一圈。

"甚好，甚好。"

锦屏敷衍过了，便见锦绣双眼迷离，两靥漫上潮红，不知道正看哪里，她扫了一眼，心下了然。

此时桓家一列早已走远，迎面而来的是王、崔两家。

但见当先一人缁衣垂袖，前呼后拥，却双目冷漠，昳丽夺人，令人不敢直视，再低头看他足上，那皂鞋拿金线绣了木兰纹，自鞋跟一直蜿蜒到鞋尖，有金马玉堂之贵。

直到那人已走得看不见了，两姐妹进了厢房，锦绣仍面色晕红，神思不属，也不知在想些什么。

窗牖轩敞，不远处的假山水池中，一群漆黑大鹅正引吭咕咕长鸣，锦屏支着颌，笑笑道：“阿妹，你想吃天鹅肉吗？”

锦绣似乎回了神，讪笑一声：“天鹅肉有什么好吃的。”

闻言，锦屏乐得一击掌：“是也，正所谓中看不中吃。”

正要教她清醒，却不意对方忽然用双手捂了脸，眸光蒙胧，眼含泪花：“若能与王郎共度一晚，教我旦夕即死也值了！”

锦屏：“……”

晚间用过素斋，南夫人又说带锦屏结交世家夫人，拿出数根玉篦钗金步摇，插了她满头满鬓，浑如一只锦鸡。这不知道的，还以为锦屏才是她亲生的。

事实上，因南家频频将庶女卖给高门做妾的行为，声名早已败落，路上遇到的贵妇不少，但大多一见南家人便耷拉着眉眼，连敷衍都欠奉。

即便如此，南夫人依旧一个个向南锦屏介绍过去。

“那是礼部主事和他夫人。”

“左边树下是国子祭酒。

“前方不远，便是巴郡太守庾牧。”

只见那太守年约四十，两鬓霜白，浮肿的眼皮耷拉着，因身量精瘦，显得人有些阴鸷，南夫人却特意拽住她说话，语气压得很低：“庾家是上京大族，族中子弟多在圣上御前行走，若你父亲能得他举荐，仕途定然平步青云。”

说着，不待锦屏反应过来，便将她拽到那人面前，语气谄媚。

“庾大人，这便是外子曾对您提过的家中女儿，前年便已及笄了……”

那人本在和旁人攀谈，听南夫人如此说，目光便转过来，渐渐凝在少女身上。

他看着她，眼神浓稠浑浊，根本不似一位慈祥的长者，而嫡母唇角含笑，还在将她一个劲儿地往前推。

对此，她唯有不安嗫嚅：“母亲，我不舒服。”

南夫人充耳不闻，反倒笑得更谄媚：“我家女儿渐渐年长，平日里多仰慕豪杰，观朝堂上下，鲜有风姿胜于大人者，大人……”

听她满口胡诌，锦屏想要挣脱，却被那戴满戒指的手死死拽住，直到她在那令人毛骨悚然的凝视里大叫一声：“母亲！”

四野嘈杂，顿时一静。

南夫人愣住了，锦屏将手从她的钳制中挣脱出来，便慌不择路地往回逃，连头上的华胜掉了也顾不得捡。

一路奔至荒无人烟处，她扶着树浑身颤抖，一口气没喘上来，眼泪已经糊得满脸都是。

正坐在树下哭得不能自已，灌木丛中跑出一名小童，犹犹豫豫地看着她，想上前又不敢。

锦屏擦干泪，定了定神：“你是谁？”

“小，小人是崔小郎的书童。”等她渐渐平静下来，小童上前，递来一卷薄薄的绢册，“这是我们郎君让我带来的，说要赠予南家女郎。”

将那绢册拿在手里，确是《崔氏家训》一书，她不禁讶异：

“你从未见过我，又怎么认得我？”

小童脸红：“郎君说，南家女郎貌美脱俗，令人见之难忘，面前即便百名女子，一眼也唯见女郎……”

然而，他的溢美之词并没能安慰到锦屏，反倒令她心下更加酸苦，忍不住手握绢书大哭起来。

不意这女郎大放悲声，小童直接吓跑了，树下又只余她一人。

此刻天已黑透，而她畏惧南夫人的苛责，不敢回去受诫，也唯有将那一卷薄绢牢牢抓在手里，在山上茫然行走，如同溺水之人，攀住最后一根草绳。

俯瞰天地漫漫，雾霭苍茫，竟无一处可以容身！

肆

时已深秋，山风炽烈，可桂花还好好待在枝头，香气浓得掸都掸不开，无端让锦屏更加心烦了。

越往山顶，风越凄寒，冻得她涕泪直下，再行几步，只见前方月华似练，有一丝半线漏在山顶，却是一处六角小亭，见其内隐有灯火，她裹了裹身上轻薄的衣料，打着寒噤往山顶赶。

到了门口，却见那石台后有一人影正在看书，侧脸匿在一团翠绿的浓翳之中，泛着玉石般的清润光泽，大袖中延出一段手腕，与雪白衣料并无二致，修长身姿飘逸如流云。

看清是何人后，锦屏一言不发，转身就走。

“站住。”

耳后一道声音清冷动听，却令她寒入骨髓。

话音未落，亭外左右前方分别走出一名剑士，披甲执剑，刀兵森寒，逼得她不得不后退一步。这一退，又重新退回了凉亭。

“你手上，那是何物？”

下一秒，旁边有只骨节分明的手伸过来，抽走了那手中的绢书，这手像是冷冰冰的美人雕，不失漂亮和修长。

“哼！竖子！”

一声怒斥，已经表明了主人的态度。

王玙似乎气得不轻，甚至于凉亭中反复踱步：“我命人将他反锁于室，不过一女子而已，他居然如此胆大妄为！”

锦屏不敢吱声，只是默默垂头。

即便她将头垂得再低，他仍然看到了那小脸上的斑斑泪痕，语气转为嘲弄：“不过一小小庶女，也妄想嫁入崔家？”

“呵，你也配？”

这一连串的打击，锦屏经受不住了。她忍不住反驳，声音细若蚊蝇：“我是庶女，找个庶子，哪里不配了？锦屏及笄已久，不过为自己筹谋一桩婚事罢了，又何错之有？”

王玙闻言，冷冷一嗤：“如此，何必找上全城的庶子？”

这是批判她撩遍全城的意思了。

对此，她也唯有耐着性子解释：“郎君，我并未高攀门庭，只是不得已自择夫婿而已。若不为自己筹谋婚姻，嫡母定会把我嫁予世家老叟，还是做妾，就如同在我前面那六位阿姊一样！”

王玙闻言，神色不辨喜怒：“只要不是我王家、崔家儿郎，任凭自便。”

闻言，锦屏有几分犹豫。

崔小郎，已然是现下唯一的希望。他相貌不俗，性情纯挚，人品在上上之选，又是由嫡母抚养长大，日后前程光景定然光明，若真能嫁给他为妻，那真是造化之极了。

她的不舍之情落在王玙眼中，使他更加不快：“我听说你父，前几日刚升了云水县县令？”

“是也……”

对方高高在上，漆鬟朱唇，光华昳丽，朝她勾起清淡的、堪称柔和的一笑，仿佛正慈悲地怜望着地下蝼蚁，有种高高在上的缥缈与抽离。

那一笑，已经说明了他的态度。

此刻，虽则锦屏咬紧了牙关不低头，但心中也很清楚，这微不可察的威胁，已经是他给她留下最后的体面。

正胶着着，却听外面几声惊呼，俄而一名剑客来报：“郎主，前方数百米有狼烟升起，分东、北、西三个方向往山顶而来。”

王玙前行几步，似有顾虑，又折回石台坐下：“你等三人，分三方前往打量。”

“诺。”

待那三人领命前去，锦屏仍站在凉亭里喝风。看王玙的意思，她不表态，他今日是不打算放人了。再往山下看，确有三股浓烟直上。若不是今夜月朗气清，黑烟也不会如此明显，甚至明显到有些刻意。

“奇怪！”

见锦屏自言自语，王玙未置一词，显然是不把她放在眼里。她却不知为何，心头有种愈演愈烈的慌张：“为何是三股狼烟？”

他眸子一肃，总算肯正眼看她：“你说什么？”

“王郎君只带了三个甲士，山下也正三股狼烟，此事是不是有些过于凑巧了？”

除非是……

调虎离山！

念头刚起，便见王玙闪身而退，一支羽箭已破空而来，深深没入中央石台！

锦屏还没来得及尖叫，王玙已经一手拽过她，将她推入了石亭后的深林中。

这里林木密集，确然对刺客的视野起到一定阻碍作用，但并非长久之计。

两人一前一后在山林里奔行，不过一炷香的时间，身后已隐隐响起树枝清脆的折断声。

许是久捉不到，刺客失去了耐心，干脆听声辨位，一簇簇流矢饱灌劲道，正嗖嗖破风，向他们奔逃的方向狠辣射来！

锦屏活了十几年，从未像今天跑得这样快，甚至隐隐超过了养尊处优的王玙，路上还不忘回头直呼其名。

“王玙，我们得分开跑！”

对方的回应则是拽住她手腕，将人猛地压入前方一个矮洞中，自己则紧随其后，撕下玄色下裳遮盖住洞口。

这之后，两人紧掩口鼻，只听步声凌乱，飞快地从洞外越过去了！

刺客，不止一人！

不知过去了多久，她稍微活动一下身子，小声问旁边的人：“王玙，接下来怎么办？

对方一声闷哼：“别说话。”

锦屏这才发现手边微微濡湿，掀开那黑布，借着雪亮的月光查看，却见王玙大腿中部赫然中箭，鲜血已经往下蔓延到膝盖了。

狭窄的山洞中，一阵可怕的沉默。

许久，她喃喃道：“他们还会回来的。”

王玙一言不发，只盯着自己的伤口，神情放空——他心中自然清楚，刺客听不到动静，定会猜到两人躲了起来，而这里的山头并不大，几个刺客来回搜查几遍，天亮前定能找到。

他是没法逃了，但她留在身边，也同样难逃一死。

难以置信，身份地位曾给他们带来的巨大悬殊，居然会被即将降临的死亡全数夺走。

能和琅琊王玙死在一起，甚至可能让锦屏成为大邺少女集体羡慕的对象，简直比当皇后都要尊荣。她如此想着，忍不住觉得有些好笑。

王玙撕下自己的下裳，包扎在伤口上方止血，一面冷冷道：“你笑什么？”

许是人之将死，她莫名变得有些大胆：“我嫡妹说过，若能与王郎共度一晚，真是旦夕即死也值了。想不到她的愿望，全数被我实现了。”

王玙：“呵……”

这声意味不明，又无动于衷的冷笑，足以说明他对此类言语的态度。停了一会儿，他又忽然问道：“你反对嫡母将你做妾，为何不反抗？”

锦屏闻声失笑。

月光下，三两只野鼠从两人脚面上爬过，她抖了抖腿，指着那野鼠问他：“请问郎君，为何猫爱吃老鼠，老鼠却不爱吃猫？难不成，是那猫肉酸涩难以入口，老鼠才不爱吃吗？”

王玙闻言，沉默不语。

事实上，这位身为司马氏股肱贵臣的王家嫡子，也同样深陷权利的旋涡中心，乃至于正风华正茂便沦落死地。既然注定死于一处，又何必相互比惨呢？

少女的目光，静静追随着仓皇逃窜的野鼠，直至再也看不见了，方低声道：“王玙，我愿替你下山。”

对方闻言，一双冰雪般的眸子终于纡尊降贵地向她睇来：“你要如何做？”

“只要我一路发出动静，便会迷惑他们的判断，为你争取时间。”

他“嗯”了一声，似乎无可无不可，却听她继续道：“若我死了，不是被刺客杀死的，而是遭了嫡母的毒手，你需向人揭露她的恶状。”

“若我活着，便向郎君讨一个请求。”

“什么请求？”

“还没想好。”

“可。”

听他答应了，锦屏伸手从他伤处卸下几段沾血的布料，接着一鼓作气从洞中爬出，一路钻进密林，往山下狂奔！

此去，几乎十死无生！

怀抱必死的信念，她一路逃，一路将染血的丝绦扔在草丛里，树枝上，山洞里……

身后不远处，几声呼哨渐渐逼近。

越往山下，山势愈陡，她越发控制不住平衡，甚至跌倒数次，连鞋子都跑丢了一只，袜也早已磨破，湿淋淋地黏在脚底。

身后，刺客已然渐渐逼近。

只闻耳边“嗖嗖”破空声，她脚下一滑，瞬间整个人向山底滚去！

再醒来，已是天光大亮。

面前是雪白墙壁，不远处轩窗大敞，一群漆黑大鹅正在院内的假山水池中引吭而鸣。

锦屏一惊之下坐起，只觉左脚疼得钻心，忍不住痛叫出声，声音未落，门口走入一名甲士，看着还有几分眼熟。

她惊喜之下差点咬到舌头：“王，王郎君遇刺了！！就在山顶！”

那甲士连忙走近，一手将人重新按回榻上：“女郎勿忧，王郎君已安全回归。”

从对方简短的叙述中，她才知昨晚起火点不止一处，刺客于寺庙山林处放火，此时本是秋季，山火频繁，若不是一个活生生的姑娘从山腰摔落，定不会引起众人警觉。

而她昏死过去时，手心还紧紧抓着一条残破的染血丝绦，上绣卷草纹样，是王玙最常见的穿着。

待她再次醒来，王家甲士行动迅速，已然解救王玙，并活捉刺客一名，剩下两名见势不妙，当即饮血身亡。

闻言，锦屏舒了口气，整个人瘫软于榻。

那甲士见她闭了眼，转身延入一名女医，将她受伤的左脚泡入药盆。

虽只是浸湿了袜，但布料与血痂已经长在了一处，撕下来十分艰难，疼得她不住惨号，甚至当场崩溃大哭。

恍惚间，南夫人与南锦绣立在床头，一个眉头舒展，一个泪眼蒙眬。

“你，你昨晚为何与王郎在一处？”

这是南锦绣。

“住口！你若能被王玙看上，又怎需母亲去讨好桓家夫人？”

这是南夫人。

王家乃大郢顶级门阀，即便是身为南家嫡女的锦绣，想做王玙的妾尚不可得，也难怪南夫人如此艳羡！

而南锦绣手里捏着帕子，被斥得清泪长流，看着她面白如纸，呻吟不止的惨况，眼中又不由得流露同情。

从小到大，她是姊妹几个里最怕疼的，眼看最能忍痛的锦屏都惨号连连，估计对王玙也没那么向往了……

伍

大火发自鸿恩寺，足足燃了三天三夜才熄灭。

这背后几姓大族的互相倾轧，显然不是南家这种末流世家所能掺和的，于是火势一退，南大人便闻了风声，特地来山脚接回家眷。

南家车马整装待发，将行于阔道之际，却忽然被数十个甲士拦下。

南大人从未见过这阵仗，他坐于前车，战战兢兢探出半个头：“敢问，诸位勇士因何前来？”

“我家郎君有话说。”

“你家郎君？”

正说着，后方行来一列整饬车队，俱都乌篷金顶，四面垂帷，所驭之马俱为四足踏白之神骏，这连大邺上将军也未必收得一匹的“乌云盖雪”，却仅为贵人拉车之用！

一根修长白皙的手指轻掀车帘，车中人仅露出一抹线条优美的下巴，清音琅琅：“琅琊王玙，特邀南大人叙话。”

对方每辆车辕上都有家徽，南大人自然也看到了，顿时受宠若惊：“郎、郎君请讲！”

“仆尝闻父母爱子女，则为之计深远，若有为求仕途将子女货于高门显贵者，此举虽禽兽亦不齿。南大人以为呢？”

玉吕清音，迢迢暗递。

即便锦屏等人坐于后车也听得清清楚楚，更何况与之咫尺的南大人呢？

话音未落，便见她那老父面红过耳，诺诺连声：“是也，是也。”

王玙从不插手他族之事，这已是极严厉之敲打！

锦屏闻言，看向坐于对面的南夫人，却见对方同样面色苍白，嘴唇颤抖，一对揉着帕子的双手青筋毕露。她脚底那如火舔燎的疼痛，忽然便不是那么难以忍受了。

回家之后，南夫人果然不再提那日巴郡太守之事，而是紧锣密鼓地为南锦绣相看。

虽然她一力推崇桓五郎，奈何女儿一哭二闹三上吊坚决不嫁，她也只好在其他世家中寻找中意的对象。

父母之爱子，则为之计深远，这话没错。轮到亲女嫁人，南夫人不光要求对方是嫡子，还要求对方的母亲性情宽厚，唯恐女儿嫁过去受折磨。

锦屏瞧在眼里，说不牙酸是不可能的。小娘若是还活着，说不得也会如此筹谋……虽然她只是个妾，帮也帮不了什么。

这一日，南夫人自鸿恩寺便一直板着的面孔终于回春，还着小梅去街上买了不少果食，说要招待远道而来的贵人。

原是陈郡袁氏路经滁州，正值嫡子年满十七，其母正四处寻找合适的世家嫡女，一见锦绣便喜欢上了，当即追来南家下聘。

陈郡袁氏乃是望族，即便是旁支也算南家高攀了。

南夫人喜出望外，在客厅中放了碧纱橱，让女儿可以隔着轻纱朦胧看一眼，而锦绣心下忐忑，便硬拉着锦屏与小梅同去。

这位袁家子比起桓五郎的埋汰，自然要好上许多，甚至可以算得上貌美。

只是其身为男子，却剃面傅粉，唇上施朱，打扮得比一般女郎还要精致，未免叫人觉得怪异。

锦绣来问意见，而锦屏和之前一般敷衍："甚好，甚好。"

倒是她旁边的小梅忍不住了："袁郎君，他，他脸上的粉能有一斤重……"

话音未落，就被身旁的锦屏踩了一脚，连忙补救："这，这傅粉涂脂本是流行，也没什么大不了的。"

锦绣闻言，一双眼睛酸溜溜地睇向自家姐姐，似有无限哀怨："若能做王郎的妾，哪个要做袁郎的妻？"

锦屏："……"

在她们眼中，她能与王玙共度一夜，恐怕已然发生了某种不可言说的关系。

也因为这层关系在，父亲与南夫人并未惩戒她，反而将她视作“无物”，任这个最大龄的女儿每天在府院中闲逛，好一阵不提将她嫁人的事。

日子过得飞快，数月过去了，转眼来到元宵节。袁家郎君邀锦绣去玩，也顺路捎上了锦屏和小梅。

到了城中灯市，她连忙拽着自己的丫鬟下车，省得打扰那两人卿卿我我。

“女郎，接下来怎么办？”

两人沿着长街向前漫走，在路旁小肆买了两碗水引，便就地寻了一处小桌坐下吃。

小梅一边吸溜面汤，一边朝主子小声告密：“前两日我听郎主向夫人抱怨，说那太守明里暗里，数次向他要人，恐怕不能善了。他还斥责夫人自作主张，没捞着好处不说，反倒招祸上门……”

想也知道，王玙刚放话不久，即便南大人打定主意将女儿送人，也得徐徐图之。

锦屏摇头：“不说了，走一步，看一步吧。”

吃完一碗热腾腾的水引，浑身的寒气也被驱散不少，主仆二人互相陪伴着，沿着红联往灯市深处走。

只见长街之上，月满冰轮，灯烧陆海，红莲遍天，前方一个瘦长人影就站在不远处，朝她飞快挥手。

“女郎！

“南家女郎！”

锦屏循声望去，见那人虽寥寥数面，却也记忆深刻，便快走几步上前行礼："原是崔家郎君！"再打量他几眼，却越看越心惊，"郎君怎的瘦了如此多？"

"我……"不过几十日不见，崔小郎已形销骨立，瘦得两腮都塌进去，当下凝望着她，眼眶通红，"母亲得表哥授意，一直将我关在家中，这几日我以绝食相抗，她才将我放出来……"

未料竟是这样一个答案，她沉默了。

年轻郎君上前一步，紧紧拉住少女柔软的双手："现下母亲已妥协了，同意我与女郎交往，从此以后，便不会再阻拦我了！"

闻言，锦屏自是大为感动，语气更是溢满了希冀："这么说，崔家夫人不介意我出身？"

崔小郎连连摇头："不介意！她叫我执贵妾之礼迎接女郎，母亲心地善良，也说过会好好待你，定然不是骗……"

话音未落，她已经冷下面孔，将双手狠狠抽离！

"我不做妾。"

对方愣在原地，一对苍白的唇急切地翕动着："为何……为何！"

"妻妾之别，犹如天壤。"

"只要我心中爱重女郎，为妻为妾有何分别？其后又有谁能越过你去？"

他自问已足够诚恳，然而面前的少女却报以不屑的冷笑："若要为妾，以我南锦屏之颜色，除了王谢二家，大邺可有我不能入之门庭?!何至于就去做你的妾了！"

崔小郎惊呆了。

锦屏那日的温柔小意，与今日的冷若冰霜实在太割裂，他始终难以接受，反而在长街上对她拉拉扯扯："女郎定是想岔了，母亲已同意我们在一起，这明明是天大的好事……”

见冷眼呵斥没用，她平静问道：“郎君，若令堂令你经商，却不令你入朝堂，你愿意吗？”

他懵然回复：“行商，乃下流……”

她点点头：“是也，若你们郎君，明明可以从政，却跑去从商，此所谓自甘下流！”

崔小郎闻言，一张脸霎时苍白。

见对方不再言语，她从袖中掏出那本绢册，恭敬呈还。

“锦屏谢郎君错爱。”

陆

拒绝崔小郎之后，锦屏很是萎靡了一阵子。

以往也是如此，不管那些庶子郎君人前多么信誓旦旦，海誓山盟，一旦暗示他们来南府提亲，很快便会顾左右而言他，甚至于躲避三舍，唯恐被她败落了名声。

眼看比她小的锦绣都已定亲，锦屏却依旧大龄蹉跎，整天困在府里大门不出，二门不迈，连帕子都懒得往外丢了。

想到帕子，她忽然想到了王玙，却不知那帕子被他拿着，到底是留着，还是弃了……

正坐在廊下发呆，却见锦绣着一身鲜红烈艳的衣衫，沿着廊道行了过来，体态神色，无不志得意满，走到她附近，忽然大叫一声。

“发什么呆啊，正想你的王郎？”

“扑哧——”

锦屏正端着杯子喝水，闻言气为之泄，一口气喷了自己满襟茶水，手忙脚乱之余还要心虚反驳：“谁，谁想了？”

她的确在想王玙不错，但分明不是他们以为的那样！

锦绣在旁边坐下，宽广的裙幅散在两边，两手还在推她：“锦屏，你既与王郎有那一夜，为何不干脆求他纳了你？”

锦屏懒得和她辩解，只是反问：“那你呢？你就认定袁家郎君了？”

“是呀。”对方忽然扭捏起来，双手捧颊，还在不住摇头，“袁郎甚好，待我以礼，就是冷淡了些。不过君子嘛，如此也算正常。”

“你觉得好，那就是好。”锦屏又敷衍几句，正打算离去，忽然想起两天未见小梅了，又回头问她，“对了，小梅去哪里了？”

锦绣顿了一下，笑道：“许是又被阿娘支使干活了。”

“哦。”锦屏没多想，回到自己房内，便反复琢磨如何向王玙开口。

王玙答应过她，只要活下来便会完成她一个愿望，倒不担心他赖账，只是这个愿望必须是能长久解她困境，且又是对方能轻而易举办到的。

反之狮子大开口，不仅不能让他践诺，反会令他更加厌恶她。

翌日。

她在辗转反侧了一夜后，终于决定去找王玙。

冬日阴沉，不知何时已漫天飘雪。

蹄声笃笃，打破了青石巷道内悠远的静谧，碾碎高空荡下的雪花，轱辘圈圈沾满了冰珠。

锦屏在王府别院门口下了车，只见甲士布列，门禁森严，忍不住心下发憷，只站在阶下瑟瑟行礼。

“劳烦诸勇士通报，南家锦屏来访。”

“女郎要访何人？”

“王家三郎，王玓。”

出乎意料，门口的甲士只点了点头，便有人返身扣下古绿兽面铺首，大门开启半扇，将她恭恭敬敬地迎了进去。

不过一别院而已，却亭台轩敞，流水淙淙，随处可见几拳石，几抱山，堪称一步一景。

行过蜿蜒长廊，甲士将她带入水桥后的小亭，躬行一礼，便无声离去。

再看小亭风雅，四面垂帷，几盏枝灯静静吐纳云烟，清雾缭绕，行入其中，如入仙境。

王玓身着轻衫，立于案后，面前展开一雪白绢幅，似乎正在作画。

锦屏模糊看了一眼，只见那笔下栩栩如生的似虎非虎，似豹非豹，更像是一只慵懒大猫，角落里还有一只小鼠，大猫一只爪子按在小鼠身上，似威胁、又似玩弄。

见她勾着头看，他将绢幅一收，神情自若。

“你来了。”

锦屏连忙叉手行礼：“问郎君安。”

“嗯。”

对方什么也未做，身旁的婢女便斟来一碗清茶，恭敬地递在她手上。

她自是受宠若惊。

须知南家只是末等世家，即便南大人亲临，也未必能喝上王郎的一杯茶，但比之其抬爱，更让她震惊的，是这位王氏子之威信……

王玙见她怔怔发愣，淡然问道："怎的不喝？"

她嗫嚅道："不过讶于郎君的驭人之道罢了。"

"怎么说？"

"郎君身边无论甲士还是婢女，皆是如臂使指，仿佛心意相通，有朝一日郎君领兵，定然有如神助！"

锦屏刚吹捧两句，便见面前人扬唇微哂，似有自得。

这是她第一次看到他笑！

非是冷笑，淡笑，嗤笑，而是真真正正，发自肺腑之失笑！

便如春风拂槛，冰破雪融，月光坠水，涟漪阵阵，又如梅花飘摇，一夕落满了南山，个中滋味，难用语言描说。

然而一笑后，王玙见她呆呆望着他，立时便肃容相向："你有何愿望？早早说来，休要再拖了。"

"我……"锦屏羞于启齿，双手将衣角揉得皱成一团，而王玙一双眼睇在她浮起红潮的脸颊，神色渐渐讥诮。

两人，几乎是同时开口。

"你想做我的妾？"

"五百金珠便可。"

话音掷地，四野俱寂，耳畔轰鸣阵阵，唯余风雪之声。

因为颤抖，锦屏几乎端不住手里的茶，但仍是狠咬舌尖，尽量维持了平静的语气："郎君说什么？锦屏没听清。"

王玙踞坐于榻，半张脸隐于阴影，一张玉雕般的长手摩挲着碧玉把件，因为用力而青筋浮动，她只瞟了一眼便不敢再看，下巴几乎低到胸口。

“若郎君觉得五百金珠太多，少一点也行……”

良久，王玙轻哼一声。

“我堂堂司徒，于司马朝廷累迁太常，或将升任太尉、太保，如此贵命，难道仅值五百金珠?!”

锦屏惊呆了，不给就不给，这借口也忒多了!

见他油盐不进，她心里不是滋味，只好另辟蹊径：“若不给金，郎君也可于差不多的世家中为我保媒拉纤，寻一人品可靠的夫婿嫁了。”

不等他驳回，便一口气提了许多条件：“那人最好年轻貌美，饱读诗书，庶子可，嫡子更可，还要嫡母宽厚，家风清正，如此方能不受磋磨。”

听对方一连串说了许多，王玙双眼愈发深沉，澹澹而幽冷：“还有吗？”

锦屏连连作揖，满面堆笑：“没有了，真的没有了！不拘给我金珠，或者帮我嫁人，郎君只要能做到以上一样，便算回报了小女替死之恩！”

王玙沉默一会儿，终是唤了婢女上前，嗓音清淡：“给她金珠。”

天籁之音，不外如斯。

锦屏霎时心花怒放：“多谢郎君。”

王玙朝她不耐烦地挥手，就差把一个“滚”字贴脸上了。

刚出凉亭数十米，她却忽然想起了一样事物，又连忙折回去：“王郎君，那个，我的帕子……”

此刻的王玙已然宽了外衣，正阖眼斜靠在榻上休憩。

打眼望去，那一头长长漆发蜿蜒于枕，轻衣与肌肤同色，仿佛一道白月光照进了人间，唯美却无情。

锦屏站在原地，讷讷连声，又不敢出声打扰。

“丢了。”

等了一会儿，他终是回复了，她心下一颤，忍不住再次试探：“真的丢了？”

王玙不再回答，而是侧身向里。

明白再也不会得到任何答案，锦屏只好跟着婢女离开了，却不知她走之后，身后人从软榻上起身，猛地一脚踹翻了面前书案，竟是少有地怒形于色！

“做崔小郎的妾她看不上，做我王玙的妾，难不成也是自甘下流？”

侍从们不意他忽然发怒，大惊之下跪了一屋子，良久，方有甲士起身，缓缓从袖中掏出一物。

“这是那日，您在竹林中扔在小女郎脸上的，小人以为郎君有用，便捡拾回来……”

王玙盯着那一小块月白色布料，神色变了数变。

那甲士见状，又小心翼翼请示：“郎君，此帕似乎为那南家女郎心爱之物，您看？”

出乎意料，王玙的回复只有两个字。

“丢了！”

拿到金珠之后，王家特地派出数名甲士，一路护送锦屏回家。

考虑家中人多眼杂，她故意带着王家甲士来到城北，用囊中一小部分金珠，从掮客处购下了位于牛尾巷内的一处三进宅院。

此处虽为末等士人聚集处，却也清幽雅静。且一路上有王家车队紧随其后，威风凛凛，以至于左右忌惮，邻舍闭户，甚有一年轻女郎，为了避让而摔倒于道旁，令她十分满意。

拿下门锁钥匙后，锦屏立时揣着囊中剩下的金珠，大摇大摆回到南府，打算带上小梅一起前往新家。

幸而，她小娘除了留下一张帕子，还留给她一个小梅！

帕子丢了，她还有小梅！

想到这里，之前在王家留下的伤心也被尽数冲散。

锦屏进了府，便院前院后地呼喊小梅，直喊得嗓子都哑了也不见回应。

这几日，南家阖府正为了明日南锦绣的出嫁忙得焦头烂额，一个小小庶女自然无人理会。

心下不安愈演愈烈，她径直寻到正在添妆的嫡母，开门见山地质问："我的小梅哪里去了？"

自王玙一事后，南夫人对她多有忍让，此番神色依然和风细雨："小梅？她没和你说吗？"

"说什么？"

"巴郡太守纳妾，她主动求去，已去了三天了……"

闻言，锦屏眼前直冒金星。

"小梅怎么可能求去！她说过等我嫁了，要让我养她一辈子的！"

对她青涩而无措的怒吼，南夫人回以怜悯并同情的口吻："傻孩子，她从一个家生婢做到了太守的妾，那是何等的造化？世上哪有人不愿做主子，而甘愿做奴婢的呢！"

"不，不，你骗我！"锦屏在怒吼中回了房，取了金珠便往外跑。

此时袁家聘礼已至，猪羊牛牲，花红表里，自大门一路绵延至内院，堆垒足有百抬。

放眼望去，处处红绸铺面，丝罗坠地，富贵难言，她却只觉恐怖。这张辉煌的锦绣大口已经吞掉了小梅，接下来，是不是就轮到她了？

巴郡与滁州相邻。

十几年了，锦屏从未出过滁州。就像其他生长于斯的小娘子一样，理所当然地生活在这一片不算丰饶的土地上，从未打算离开。但她没办法，她得去把小梅要回来。

天黑透了，她揣上剩下的三百金珠，用自己平时攒下的串钱贿赂了府里赶车的小路子，让他连夜将车子赶往巴郡。

马车颠簸了一夜，她便做了一夜噩梦。

第二天午时，马车终于赶到庾府。

是处，府兵如云，枪戟森森，刚走两步，她便被一根长枪狙到喉下。

“来者何人？”

对上那雪亮的枪头，锦屏咽了咽口水：“南家之女，求见太守……不，求见太守新纳的姨娘。”

“嗬，这倒罕见。”那府兵收了枪，朝身后人笑道，“一个小玩意儿，来找另一个玩意儿，新鲜不新鲜？”

众人自是捧腹大笑。

见他谈笑自如，显然颇有地位，锦屏忙将一颗金珠塞到他手里，小声诉求：“大人，我有金，只要您为我找来姨娘，这颗金珠就是您的！”

对方捏着珠子，眼神顿时晦暗不明。

令小路子在车上等待，她跟着府兵来到不远处的暗巷，刚转过身，便被对方抓住发髻，狠狠抵在墙上。

“说！金在哪里？”

任锦屏如何也预料不到，堂堂巴郡府之府兵，竟敢于大门口公然抢劫。

这哪里是兵，明明是匪！

庾牧治下之乱，可见一斑！

半张脸磕在生冷的青砖上，顿时疼得钻心，她只能不住讨饶：“大人，我阿爷是云水县令，只要能找到小梅，我会给您更多金的。”

然而对方根本不听，一手粗鲁地在她身上掏摸，不多时便寻到了那囊袋，将金珠倒在自己粗糙的手心把玩。垂涎之色，溢于言表。

心知遇到硬茬了，她转身要逃，却被那府兵狠狠掐住了脖子，目光淫邪，口息恶臭：“世家的女郎，又怎会孤身出行？说，你到底是谁?!”

被他掐得喘不过气，锦屏只得搬出最有力的救兵：“实不相瞒，我、我实是王玙爱姬……”

“呵呵，还要骗我？”

“那些金子都是他给我的，你看那囊袋上，还有王家徽印……”

那府兵再不识字，王家徽印却是识得的。

见他面色变幻，锦屏出言威胁：“你夺了金子便罢了，若敢侮辱于我，被他知晓了，定会将你枭首于众！”

王谢二姓，对庶人的威慑是不言而喻的。

对方一犹豫，手便松了。

她连忙将人一推，撒腿就往巷外跑！

锦屏本想用这些金珠置了屋宅，剩下的再赁几个铺子，这之后嫁人也算嫁妆丰厚，和小梅的日子便要好过得多。

怎料不过转瞬，小梅没了，金珠也没了。

可以想见的是，若她继续盘桓于此，不但找不到小梅，甚至还会自身难保。可就这么离开，又实在不甘心。

权衡之下，也只能和小路子躲在马车里，待天黑透了，再偷偷出来，用身上仅剩的铸钱买菽饼吃。

太守府外，路旁坐着许多劳作后闲谈的庶人，锦屏拿面巾遮了脸，悄悄上前打探："几位老丈，这几日可有见太守府抬了新姨娘？"

其中一人眼皮一掀："抬进去的不清楚，倒是有抬出来的……"

闻言，她心下一惊，脸上还要强笑："抬出来？这是何意？"

"天老爷不开眼。"老人朝她小声嘟囔，"太守性好美色，可他那悍妻厉害！小娘子莫要贪恋富贵，小心连命都给填进去！"

正说着，几名闲谈的老人忽然住嘴，眼睛向同一个方向瞟去。

锦屏顺着他们的视线看去，却见数名长随从府门出来，正抬着一架竹担嘎吱嘎吱地往外走。

没人知道，一个小女子用面巾裹住头脸，远远地跟在了他们身后。

只见长随们把担子抬到河边，将里头的物事推入水里，便快速离开了。

眼看人已走得不见，锦屏连忙跳入水中：“小梅！”

“小梅，我来找你了！”

天穹深远，色作苍灰，不知何时已淅沥沥下起了小雨，将她头面衣襟打得透湿。

锦屏躬下身，在齐腰深的河水中摸索，数次被湿滑的水草绊倒，喝了满肚子污水后，终于将人拖上了岸。

可人上来了，她却不敢瞧，只能一边流泪，一边跪地求祷。

“天老爷！！我不要金珠子，不要大宅子，也不要嫁高门了！”

“我只求你，把我的小梅还给我吧！”

冷雨无声，阴风惨惨。

只见乌云密布，暮霭苍茫，河水裹着泥沙，兀自在声声猿叫中向东流去，不知尽头。

柒

自巴郡归来后，锦屏便躺在自己屋子里，足足发了两日高烧，直烧得整个人都清瘦了一圈。热度未退，又求小路子带她去王家别院。

然而小路子吃了巴郡的亏，这回说什么也不愿去，她只能用自己的两只脚走过去。

这一走，便从天明走到了薄暮。

王家甲士闻她求见王玙，依然待之以礼，一路将人迎去别院深处。

只是这次去的不是小亭，而是另一处风雅不胜的庭院，院中铺满细腻白沙，廊下竹筌声声，水滴玲珑，中庭一棵枝繁叶盛的玉兰树，暗香随风浮动。

甲士站在紧闭的厢门口，垂首叩问：“郎主，南家女郎来访。”

门内并无回应，只闻水声哗哗。

难不成，王玙正在沐浴?!

锦屏正忐忑不已，厢门豁然洞开，两名婢女手持空桶，托盘等物等在门外，那甲士回转身，向她叉手行礼。

“女郎，请。”

请，请是什么意思?

她在门口耗了一会儿，直耗得里面水声停了，才硬着头皮往里走。

谁知刚踏进去两个脚，外面的门便被人拉上了!

环顾室内，左侧是一个六幅落地碧纱橱，人影朦胧，右侧则是两排鸡翅木衣架，挂着中衣、外裳、衣带等物。

王玙轻柔的声音从碧纱橱中传出：“过来，为我穿衣。”

模糊的人影渐渐往外走，水珠挥洒，在灰鼠色碧纱橱上留下点点斑迹。

她连忙从衣架上取了内衫递进去，谁知王玙并不接，而是施施然走出碧纱橱，在身后的木板上留下一个个湿润、幽约的脚印。

锦屏只扫了一眼，便将眼睛看向别处，将那质感丝滑的内衫往对方肩上一搭。

对她的敷衍，王玙报以一声轻哼：“你既有事求我，便不该是这个态度。”

又踌躇了半晌，她终于硬着头皮为他整理。

王玙很高，几乎胜过锦屏半尺，他开肩宽厚，大理石一般光滑而坚实，在为他着衣的过程中，她的手指无可避免地接触到滚烫肌肤，忽然有所感悟。

对方于她而言，绝非仅仅一根粗壮的“大腿”。

他还是一个男子，一个颀长强盛，孔武有力的年轻男子。

这样一个男子支开侍从，和她待在一处密室，还要她贴身为他整理，到底什么意思?

锦屏不敢自作多情，只细声问道：“郎君怎知我有事相求？”

王玙展开双臂，任她轻手系着衣带，反应如古井无波：“若非有事求我，你怎会来找我。”

对这毫不留情的剖白，她讪笑了两声：“呵呵，哪有。”

穿好了内衫，还有裤褶及两裆，幸而她一路眯着眼睛，也算莫名其妙地服侍完了下裳，接着便是外面的大袖……

然而王玙穿是穿上了，却很不满意：“衣上无香。”

看到衣架下有个博山炉，锦屏将那香炉抱到他身旁，让袅袅香烟往他身上贴，先左边，再右边，先上边，再下边……不知何时，姿势变得微妙起来。

他站着，而她笔直地跪在他身前，怀中还捧着香炉。

嘶，哪里怪怪的……

王玙显然有着同样的感受，此刻也正低头看着她，双目中隐见血丝，游动着她看不懂的情绪：“以后不要唤我王郎，要唤我的字，褚卿。”他说着，一对冷白双手拢住她面颊，目光研判，睫根低垂，“真是个小可怜……怎么数日不见，便瘦得尖嘴猴腮了？”

难以形容那狎昵的微笑。

诱惑，冷淡，兼之一份似有若无的怜爱，让她胸中升起说不清道不明的燥意，身上没一处自在地方。

这不对劲。

“王玙，你是不是……服石散了？”

男子一只手按在她肩上，手心燥热，手指却冰凉，锦屏连忙将博山炉放在一边，将人搀扶到外面的走廊坐下。

只见对方颜色酡红，眼神迷离，滚烫的身子倒来倒去，最后径直倒在她怀里，湿凉墨发淌了她一身。

不远处，两名婢女就垂着两手站着，完全没有上来帮忙的意思，只远远地用嘴说话。

“自那日山上遇袭后，郎主便落下了腿痛的毛病，凡阴天必服石散。”

原来如此。

人服石散之后身体燥热，需解开外袍，袒露胸襟，据说有些豪放不羁的，还要从头发里扪几个虱子来吃。

然而等了半天，也不见王玙扪虱子。

天色渐渐黑透，婢女又端来一壶梅子酒，用沙冰湃了，两两倒在薄瓷杯里，再搁上几颗甜美的酿果，酒液淡红，清香四溢。

王玙一指酒壶：“侍酒。”

他嘴里要人伺候，那婢女却退后几步，渐渐地，连人影都退不见了。

锦屏只好端起酒杯，将酒液往那柔软的朱唇里倾倒。

一连伺候他喝了几杯，方小心翼翼试探：“王玙，之前的愿望，我可以换一个吗？”

“你拿什么来换？”对方似笑非笑，眉眼微张，如水面划开一道细浪，“那些金珠，不是尽数被巴郡庶人抢走了吗。”

闻言，她脊后一阵冰凉：“你早知我来意，还要我为你宽衣侍酒？”

可怖，无论巴郡还是滁州，居庙堂之高还是处江湖之远，恐怕没人能逃得过王家之耳目！

王玙自知失言，只哼了一声：“庾牧，巴郡第一硕鼠。太守府饿鼠成行，你一个野鼠进了人家的老窝，还妄想从里头偷出肉来？”

锦屏欲言又止，好一会儿说不出话。

“当然，我只知你丢了金珠，却不知你伤了脸庞。”

说话间，王玙冰冷的手指轻触她颧上，那日暗巷中磕破的伤口久久未愈，带来一点暧昧的麻痒。

他似乎在暗示她，说点什么，或者做点什么。

锦屏这才后知后觉，从进来的那一刻起，他的所作所为，似乎……在引诱她？

可他向来看不起她，如此又是何意？

不，南锦屏，不要做梦！

两人出身，堪比云泥。即便他对她有意，进了等级森严的王家，她这样身份低贱的庶女也只是一摊烂泥，任谁见了都能踩上一脚！

无法可想，锦屏只能无措地抓住那只手，假装听不懂他的暗示。

“王玙，以你之能，拿回被抢的金珠易如反掌，这之后我可以将宅子卖了，所有金珠完璧归赵……”

见他心不在焉地听着，她红了眼眶。

“只要你为我寻回小梅。”

那一日，锦屏在河边找到的女尸并不是小梅，害她白白浪费了许多眼泪，小梅定然还在太守府，只是以她之能，永远无法见到而已。

王玙闻言摇头：“南锦屏，你一点亏都不肯吃，这样可不行。”

他坐直了身子，面色重回冷淡，并无一丝刚才的放荡昏聩。

眼看氛围渐渐冷却，她垂着眼眸，替他收起皎然如雪的衣袂：“王郎想要女郎，什么样的姿色没有？若只是春风一度，并不算什么，郎君若是有意，今夜锦屏可以留下。”

“不止如此。”显然，王玙对这样的示好并不满意。

她只能跪于面前，以额贴地：“或者锦屏居于城北，郎君可常来常往，亦无须郎君供养。”

王玙凝视面前低垂的面孔，神情渐渐变色：“进我王家，对你如此为难吗？”

锦屏低声道：“我不做妾。”

自小目睹母亲潦草短暂的一生，她便立誓，绝不将自己性命交于他人之手。

见她咬死了口风，他不禁冷语嘲弄：“你以为我有多属意你？不过是看你可怜，才想收你做妾。”

他话说的难听，锦屏面上火辣辣的，忍不住反唇相讥：“王玙，你可曾在旁的小娘子身上花费这么多功夫？”

“我……”

“郎君心中爱我，却左右权衡，不敢娶我为妻，难道就不可怜吗？”

闻言，王玙一张脸青白交加，牙齿咬得咯咯作响，旋即摔杯于案，薄瓷溅了满地。

“送客！”

锦屏被王家甲士带出了庭院，却不知自己前脚刚走，后脚一个熟悉的人影便从厢房深处冲出，不顾地上飞溅的瓷片，扑通跪倒在王玙面前：“表哥，你也看到了，她拒绝了你，绝非你口中那种攀附富贵之人！”

王玙嘴唇紧抿，面孔浮上不耐：“崔湛！你成何体统！”

崔湛却牢牢抱住他大腿，神情惨白：“表哥明明答应过我的，若她连你的妾都不愿做，那便是个有风骨的好女子……”

王玙任他抱着，眉头蹙了又放，似有嫌恶：“难不成你真要娶她为妻？若只是门第低些也就罢了，可她父亲投了庾牧门下，名声早已狼藉！”

“不碍的，只要表哥为我在母亲处说项——”

王玙冷笑一声：“也不是不行。只是这之后，你恐怕便要回归庶子身份。”

“不，这……”

崔湛还待再争，已被王玙淡淡推开，语气令人生寒：“你崔家庶子女数十人，姑母也未必盯着你一人栽培，你若一意孤行，想必她也另有打算。”

眼前人神情高傲，口吻沉肃：“崔湛，你若真想娶南家女郎，便要做好庸碌一生的准备。你，可真想好了？”

此言既出，满室皆静。

见崔湛跌坐在地，哑口无言，王玙一甩袖子，转身便走。

沿着长廊回到小亭，只见湖心波荡，冷月无声。

面前案上仍搁着那张猫戏鼠图，他一哂过后，便将图画收起，婢女随即呈上一张崭新的空白画卷。

然而，不等他提笔作画，面前便慢慢走来一瘦长人影。

垂头丧气，神情惨淡。

“此事，表哥便当我没提过。”

王玙头都不抬，只挥手令婢女送客。

对方默然离去后，他笔下舔满了浓墨，于面前的雪白简帛上细细作画，勾描点染，浓淡相宜。

跃然纸上的，却仍是一只恓恓惶惶，小耳尖尖的野鼠。

风摇月影，竹帘轻动，王玙忽然淡淡一笑。

“心志如此飘摇，竟不如一女子。”

捌

是夜，若不是王家甲士将锦屏送归，以她病病歪歪，几近昏倒的情状，完全不能靠两只脚走回去。

可能笃定她傍上了王玙，南夫人甚至为她延请了女医，将苦药一箩筐地往下灌。

锦屏觉得，自己似乎已经死了一次。

数天后的一晚，窗子敞着，几株桂花开的开，败的败，碧绿叶子间结着米粒大的花盏儿，引得流萤在枝头扑闪流连。

厢门一动，却是南锦绣蹑足进来。见床上的人双眼大睁，她骇了一跳："你何时醒了？"又走近几步摸锦屏的额头，神色欣慰，"热已经退了，不枉阿娘为你延医，她还说呢，死也要让你进了王家的门再死……"

"与他何干？"

她冰冷的回复令锦绣吃惊："你，你莫非不打算嫁给王玙？可你再耽搁下去，就真成老姑子了……"

在大鄚无论男女，大龄而不婚，便会被冠以不孝、不顺之名，人人皆可吐上一口唾沫，足叫你活着比死了更难受。

听闻此言，锦屏内心毫无波澜，只淡淡回复："你倒是嫁了，又如何呢？"

闻言，锦绣在床边坐下，双手绞着帕子，忽然便泪盈于睫。

"他，他不与我同房。"

"谁？"

"我说袁扈，他不到我屋里睡，却终日与马夫厮混……"

说罢，不等锦屏反应过来，便伏在床边大声号啕，硬生生把她哭精神了。

许久，待锦屏捋清其中关窍，不禁悚然心惊："此事，你可有告诉南夫人？"

只见嫡妹茫然抬头："回门时我和阿娘说了，她却怨我多事，还说袁扈早晚会知道我的好……"

"那早是多早，晚又是多晚呢？"

锦绣闻言，本来迷茫的神色，变得更迷茫了。

她年龄尚小，性子单纯，或许这就是被袁家夫人一眼相中，并宁愿自降门庭也要娶回来的原因吧？

锦屏望着外面忽闪的萤虫，忍不住喃喃自语："都说男子是女子的归宿，可事实真的如此吗？”

古往今来，女子的命属于父母，属于丈夫，属于儿子，却唯独不属于自己。

由生到死，连自由都不可得。

翌日。

锦屏自觉身子大好，便拿了钱出门雇车，小路子早已使唤不动，她也不去自讨没趣。

待出了门，却见街道破蔽，臭气熏天。

马路旁，水洼边到处睡着衣衫褴褛的流民，多有面黄肌瘦的小童跪在路边，头插草标，衣不蔽体。

她一路看去，暗自心惊：“老丈，这外面是怎么回事？”

滁州，已经多年未有卖儿鬻女之事了！

赶车的老人长长太息：“据说胡羯攻我大邺，已经连下十城，这些人都是从北边逃命过来的。”

“胡羯？”

“是呀，据说那胡羯青发红眼，顿顿都要食人！”

锦屏生长于斯，虽则少时酷爱阅史，却还是第一次听闻战事，闻言浑身发冷，只得拉下车帘，整个人蜷缩到角落里。

车马走走停停，终于到达牛尾巷。

进了屋子，只见大门洞开，一位少女在里面忙忙碌碌，她顿时心下狐疑。再走近几步，看到那转过来的熟悉面孔，心下顿时涌上巨大惊喜！

“小梅?!”

那的的确确是小梅！如假包换的小梅！

然而见到主子，小梅只抿着嘴笑，往常梳起的丫髻此番却散在两边，显得一张苹果脸有些苍白憔悴。

“你怎么了？怎的不说话？”

见对方伸手来捉，小梅连忙向后闪躲，却不意被她撩起了长发。

看到那长发下的光景，锦屏顿时泪如泉涌！

她，竟没了双耳！

锦屏知道，小梅是为了保护自己，自愿去了庾牧处做妾，又被他的悍妻嫉恨而施以酷刑。

至于人是如何回来的，她想王玙一定清楚。

她为曾对他不敬而悔恨，也知道此事之后，他们之间的恩义已被消耗殆尽。

这一夜，主仆二人抵足而眠，小梅却在睡梦中不断发出痛苦的呻吟。

锦屏挑了灯来看，却见那受伤的两耳不断流出脓水，已将雪白的枕巾都染成了黄红色。

第二天天不亮，她想带小梅去城中扁鹊堂看大夫，却被一再扯住。

“女郎不用治，或许过两天就好了呢。”

“你的耳朵再这么流脓，不多时就要聋了！”锦屏故意吓道，“我可不要一个聋子做婢女。”

小梅闻言，怯怯地看着她。

大夫看过了耳朵，只说难治，开口便是要金。

幸而小娘还留了副金耳珰，可以暂且典了钱，抓了药来吃。

小梅吃了药便昏睡过去，趁她睡着，锦屏便去附近的大街上转悠，想找点来钱的营生。

正走没多久，忽然有人拍她肩膀，回头一看，却是一张有点眼熟的面孔。

“你是？”

“南家女郎，我与你同住牛尾巷，你记得否？”

女子圆圆眼，小山眉，说话处事十分爽利，让人心生好感。

锦屏想了许久，才想起她便是入住当日，被王家车队吓得平地摔跤的女郎。交谈中得知，此女郎姓江，家中有一武将供职于王庭，因生计艰难，也同时开着一家菽饼店子。

两人寒暄后，对方便挥手离去，看样子是赶着去做活。

锦屏见状，连忙拉住她衣角：“这位娘子，小女子有一不情之请……”

她厚着脸皮求个活计，那女子虽有些惊讶，却也慨然应允下来。

将人带到店中，江娘子搬来一筐又一筐煮得滚烫的菽豆，倒在案板上教她操作：“我们做菽饼卖给庶人，一个饼只要一铸钱，你若一天能做上三百个，我便给你五十铸钱。”

“好！”锦屏连忙应下，洗净双手开始干活。

这菽饼做起来不难，只要将菽豆煮破，趁热压成小饼即可，只是菽豆分开时还很烫，双手很快便痛得钻心。

可为了筹措到更多的药钱，也唯有忍痛做下去。

深夜，别了江娘子回到宅子，锦屏两枚掌心都已失去知觉，只能将手泡在冰凉的井水里，稍作纾解。

小梅躲在窗后，只露出两只眼睛看她。

她忙将铸钱掏出来：“今日挣了许多钱，明日便可以给你抓药了。”

小梅不说话，面孔消失在阴影里。

自从遭了刵耳之刑，本来活泼爱笑的小梅性情渐渐阴郁，平日里为了遮挡伤口，总是披头散发，连院门都不愿出。

见人日益消瘦，锦屏只得再次跑去扁鹊堂延医问药。

可这次大夫看过之后，连钱都不收了：“小娘子耳内已有沉疴，滴灌之法无用，许至渐渐失聪。”

她连忙拉住对方，小声哀求：“大夫，可有他法？”

“大宅阴私，最是毁人。”

老人叉手一礼：“若要痊愈，女郎还得另延名医。”说罢，不待挽留，便匆匆而走。

无法可想，锦屏坐在昏暗的天井里发呆，直到一只温热的小手放在她肩上。

却是小梅拿来了一根细针，替她轻挑着手心的水泡，一边挑着，一边无声流泪。

“哭什么，又不疼。”给她擦了脸，锦屏又安慰道，“大夫说你的耳朵就要好了，只要再吃上两服药……”

然而，无论她说什么，小梅都是默默摇头。

第二日，锦屏向江娘子借了马车，打算先向王玙道谢，再回来带走小梅。

滁州附近有几座大城，她决定先去陈郡，看在新媳妇南锦绣的份上，或可在袁家借住几日，无非多攒些银钱罢了。

一路笃笃，行往王家别院。

如今她在江娘子这里，不但一日能做几百个菽饼，偶尔还要驾车，作为回报，江娘子会给多一些铸币，还夸她是滁州城最善御的女郎。

也因此，王家甲士见她从车辕上跳下来时，神情是惊诧的：

“女郎所为何来？”

锦屏有些讪讪：“我，我来谢王三郎，谢他救我婢女。”

那甲士闻言，打量她两眼，见她风尘仆仆，面色了然：“女郎可是遇到了难处？”

听他这么说，锦屏忍不住脸颊发烫。

见她低头不语，对方从怀中掏出一物，递到面前：“我家郎主离开前嘱咐过，若再遇女郎，便将此物交还，想必可解燃眉之急。”

锦屏接过锦囊，只看外观大小，便知是那日在巴郡被夺走的金珠，心下顿时涌上一股莫名滋味。

既甘甜又苦涩。

既懊悔又茫然。

当下，忍不住口中嚅嚅：“请问，王三郎去了何处？我想当面向他道谢。”

那甲士闻言，面色浮起几分歉意：“我家郎主有言，不过一命还一命，如此两不相欠，便没有再见面的必要了。”

闻言，她愣了半晌，心下空落落的。

“女郎，请回吧。”

听他流露驱赶之意，她胸臆顿时涌上万分羞惭，忍不住以袖掩面，爬上车辕潦草而去。

谁知，那甲士目送她离开后，却是往不远处一辆银顶青檐马车外复命。

“郎主，人已走了。”

“嗯。”

久不见贵人回应，那甲士正要离开，便听里面传来一道清雅弦音。

“王丁，此事，你如何看？”

名叫王丁的甲士若有所思，许久方斟酌道：“仆尝闻千金易得，真心难求。南家女郎为求自由，轻抛生死，为一奴婢，可销百金，真乃情肝义胆，若为男子，必义士也！”

“你是说，我王玙还比不上她一个奴婢。”

“小人多嘴了。”

从王家别院离开后，锦屏赶上马车，便匆匆回家找小梅。

打开锦囊才知道，不光里面的金珠一文不少，王玙还在其内留了一张绢，在上面写下了数个大城扁鹊之名，足以解她燃眉之急。

眼见小梅的病已不能再拖，她也只能将感激藏在心里，打算先将人带去治疗，之后再图回报。可回了宅子，却找不见小梅踪影，问了左右邻居，只说往巷子深处去了。

她听了，半个心才放到了肚子里。

这几日立春，巷尾的椿树刚发了新芽，水焯过了最是鲜嫩，小梅定是打算偷偷摘上一些，回头烫了做羹吃。待羹做好了，她再去江娘子那拿几个菽饼，这一天的饭食便算对付了。

正想得入神，身后忽然走过不少人，一个个神色惊恐，匆匆往深处去。

“快看，前面有人吊死了！”

“真的？”

“唉，宁做太平犬，不做乱世人哪！”

锦屏并未多想，只慢慢跟在人群后面走。

快到巷尾，却远远见到椿树枝上吊着一个鹅黄色的身影，消瘦娇小，随风轻轻摇晃。

那鹅黄衣服，是她在及笄时花了一百铸钱做的，连去年今年，也不过穿过两次而已。

锦屏终于明白，为了不吓到她，小梅最终还是鼓起勇气，走出了那个院子。

只是，她再也不能随她归家了。

—— 玖 ——

料峭刚过，酷暑又至。

端午刚过，数量惊人的难民涌入滁州，民心惶惶不定，入夜后四野号哭，彻夜不休，令人汗毛直竖。就连江娘子的菽饼，也从一铸钱升到了三十铸钱一个。

据说皇家已经放弃了北地，带着亲族贵戚逃往了南方，却不知会不会经过滁州。

锦屏偶尔路过王家别院，却见大门紧锁，庭院无声，似乎早已人去楼空。

这一日她来到铁铺，拿走了月前便定做的一把匕首，正在光下试那雪亮的刀锋，却听江娘子连声呼唤，连忙收入刀鞘。

“锦屏，你买这个，莫不是防身用？”

“是啊。”

她勉强答了一声，便将小刀藏于袖中，却见江娘子面露犹疑：“胡人一路向南攻来，为何你不与王家人一道走？”

大概是见过王家马车，江娘子一直认为她是王玙外室。

闻言，她心底泛起一丝涟漪。

“您莫非知道王家人去向？”

对方摇头：“王谢二家与官家同气连枝，怕是要一同迁往南方，只将邺北抛于脑后。”

“锦屏若想知晓，可等外子回归，他官拜龙骧将军，正是护送过圣上一行的。”

闻言，锦屏连连行礼，谢她告知。

待回到自己宅子，却见门口停着一辆马车，上面的灰衣小厮正朝她挥手。

“女郎，我来接你回家了！”

“小路子？”

锦屏这才想起，她在江娘子的菽饼铺子里讨生活，已有月余没回家了。

见她紧紧盯着车下一道深长辙痕，他连忙表态：“是夫人叫我来的。圣上已迁往南方，郎主与夫人不日将行，定是要将女郎也一齐带走的。”

此举虽不符合南夫人行止，却也合情合理。

可到了上车时，小路子却只让她坐在车头，自己戴上一个遮住了全脸的大斗笠，这才挥舞着鞭子嗒嗒嗒往外赶。

行了一会儿，闻得耳边人声渐消，锦屏放眼望去，只见两旁野地愈加荒芜，头顶是漆黑高远的深天，仿佛一张彻底撕开的贪婪巨口。

“小路子，我们要去哪里？”

对方满面堆笑：“女郎莫慌，跟着小人走就是了。”

往日里对她爱答不理的小厮，今日却如此讨好，未免有些怪异。

她频频回望，脊背发凉："小路子，车上明明有两匹马，为何跑得这么慢？"

"小路子？"

见她连连追问，他有些不耐烦了："许是马儿累了。"

此时马车一路行驶，眼看就要出城，南锦屏忽然指向地上："你瞧，车上只有我们两个人，为何辙痕这么深？"

趁他低头看向地面，她随即夺过他手中的马鞭，猛地将人从车上推了下去。

小路子反应不及倒挂于车，被拖行数十米，瞬间血流披面，人事不省。

说迟但快，刚才还一脸柔弱的少女已然跳到前方的一匹马儿身上，掏出怀中匕首，三两下砍断了马绳。

只在一瞬间，失控的马车中探出两颗怒目虬髯的头颅，朝她大声叱骂不止！

单瞧那服制与装束……竟是巴郡府兵！

瞧身后车马嘶鸣，乱成一团，她连忙调转马头，一路策马逃往城内。

此刻，天已经完全黑透。

锦屏将马儿放跑，自己则偷偷摸回江娘子的菽饼店里，躲在冰冷的灶下屏息凝神。

不远处，大街上火光冲天，杀声四起，铎铎刀兵声，桀桀狞笑声，妇人哭号声，又在一声惨叫后戛然而止。

深夜，愈发死寂。

空气中，却飘过愈发浓烈的焦糊味。

半梦半醒之际，她似乎来到了一处竹林。

此处杏花疏影，杨柳新晴，数名少男少女围绕竹席，面向高台而坐，面露梦幻之色。

再看那高台之上，却是一白衣小郎君，墨发漆鬓，风姿楚楚，修长手指缓缓拨琴，顿时清音涤荡。

不远处的林子里，却躲着两个垂髫小女郎。

其中一个脸涂得黢黑，指着高台上的少年喜道："若个郎君好！"

另一个小女郎也连连点头："确然美貌！"

"那么，我们过会儿就丢他吧！"

"好咧！"黑脸少女应了一声。

两人便掏了帕子出来，站到那小郎君上风口，极为熟练地一抖！

锦屏眼看那帕子被风一吹，直接盖到了小少年脸上，即便是在梦中，心脏也忍不住为之一缩！

这还不是结束。

他拿着帕子，正满脸茫然，面前忽然走来一个窈窕少女，生得眼尾尖尖，玉雪可爱，在面前找来找去，似正在寻物。

小少年见状一揖："这位女郎，可是在寻帕子？"

小女郎闻言，口吻惊喜："正是！多谢郎君！"

又打量那少年几眼，面露娇羞："小女子南家锦屏，不知郎君姓甚名谁，可有婚配？家中排行第几？可还有旁的兄弟姐妹？"

那小少年见她憨态可掬，倒也认认真真地回了话："吾于家中行三，人称王三郎。"

孰料，他话音未落，那小女郎便脸色一冷，当即劈手夺了帕子："如此，便多谢郎君了！"

"再会！"说完便走，那背影别提多无情了。

只留那白衣小少年在原地一脸茫然。

而那小女郎走离他视线，便朝丫鬟“呸呸”了一声：“可惜了如此美貌，原是王家嫡子。以后再来丢帕，必事先探好嫡庶，否则费我帕子！”

那丫鬟连声称是，两人相携着走远了。

很快，场景再次变幻。

小少年已长成青年，目睹她一次次丢帕，洒茶，跌跟头，神色也从一开始的羞涩茫然，转而为愤懑、轻视与嘲弄。

而此时的锦屏站在一旁，头皮发紧，明知是一场噩梦却醒不过来。

不知何时，那个小小的“南锦屏”消失了，面前双手抱琴的小少年成了青年王玙，正居高临下地睇着她，眼中满是轻嘲：“自己丢过的帕子，居然就这么忘了？”

锦屏闻言，顿时满心羞惭：“实，实在丢过太多人，对不住了。”

“呵。”

听他冷哼一声，她连忙讨好：“不过我丢过的那么多人里，郎君是最出色的，属实大邺第一风华。”

闻言，眼前男子眼波微澜，却是无动于衷：“油嘴滑舌，怎么，你又有事求我？”

“……没有。”她看着他，心下涌起说不清的感慨，“只是遗憾罢了，早知会如此别离，我不该那样冒犯你的。你赠我金珠，又救出小梅，我实在无以报答，只后悔没有亲口和你道别，更后悔没有最后见你一面。”

“从此以后，乱世流离，或许生死两隔，再难相见了。”

眼前的风景在快速褪色，不变的，只有那一道优美的清音。

“后悔了，为何不来找我?”

一股难以言喻的悲伤忽然袭来，使她不由得在梦中泣涕不止：“可以我之能，又如何能找到你呢？”

“用心去找，自然能找到。”

见那身影渐渐模糊，她连忙抓住他衣角，仿佛在挽留东逝的水。

“真的吗，我们还能再见面吗？”

他没有回答，只是深深凝视着她，眼角却悄然滑落了一滴泪。

鲜红似血。

“南锦屏，魂兮归来！

“南锦屏，魂兮归来！”

迷迷糊糊间，有冰凉的水滴落在眼上，鼻上，肩上，一个焦急的女声在不住呼唤，锦屏僵直的眼皮终于撑起一丝缝隙。

“江……娘子？”

对方见她醒了，笑逐颜开：“是我。你足足昏迷了三天三夜，我们都以为你患了离魂之症呢！”

她尝试坐起身，却仍然头重脚轻。

江娘子见状，轻声解释：“许是你躲在灶膛里，这才躲过了庾牧的追捕，只是他攻入滁州后四处放火，你吸入了太多烟气，才会昏迷如此之久。”

对这份难得的关切，眼前的少女一言不发，只默默流泪。

见她神思恍惚，江娘子连忙使两个伙计将人搀扶出去。

出了店门，原先轩阔的大街已被火燎得乌黑，是处号哭隐隐，断壁残垣，废墟中不知掩了多少焦尸。

江娘子见锦屏双目瞠大，连忙用身子挡住她，面上还在强笑：“对了，我家将军刚回归，女郎若想问王三郎，便直接去问他吧！”

一句“王三郎”，终于稳住了她惶惶的心志。

自小梅死后，王玙已成了她在世间唯一牵挂之人，无论如何，她希望他活着。

“他在哪儿？”

顺着江娘子的指引，锦屏朝前方看去，只见城道最宽敞处伫立着一支骑兵，行列整饬，喑哑无声，粗看足有数百人。

当先的骑士戴红缨帽，覆面甲，一手牵马，一手还提着一个滚圆的不知什么物事。

见江娘子走近，那人快步上前，连声懊悔：“不过区区太守，也敢拥兵为王！早知滁州如此凶险，我不该将娘子留下的。”

江娘子自然是一阵宽慰。

锦屏闻言，连忙上前，声音颤抖：“将军说的是巴郡太守？他如何了？”

那人不意她突然插话，目光扫来，森寒令人不敢直视。

“庾牧已伏诛。”说罢，他便将手中之物径直掷在脚下，只见长发散开，腥臭熏人，其下，却是一张怒目圆睁的头颅！

江娘子又来掩锦屏的眼，却不意锦屏紧紧盯着头颅，忽然便笑出了声，大笑愈发不可止，飘荡在尸骸遍地的长街，凄凉而骇人！

那将军见状奇道：“此女子何人？”

江娘子附耳过去，他连连点头，之后便伸手招人过去：“原是王三郎之爱妾，吾乃龙骧将军慕容垂。士族协战之气低迷，我军正需要你协助。”

锦屏擦干了泪，这才平静下来：“将军杀了庾牧，便是锦屏恩人，若有所求，但说无妨！”

见她神态不似作伪，这位年轻的将军慨叹击掌，连叹三声：“好！好！好！”

“王郎君为主持战局，早于前几日北上，不意邺北十地陷于胡人之手，若劝降而不从，不知对方会使出何等手段！”见面前的小女子容色渐趋苍白，将军声音也逐渐低沉，“他身为南方士族之首，性情又刚烈，此番着意殉国，对王家而言不可谓不打击。”

“吾等已募了千余子弟，于邺北前后升起狼烟，只是尚需一人潜入城内，作为内应……”

良久，锦屏低声问道：“此去，不一定能回吗？”

对方倒也坦诚：“十死无生。”

她点点头：“好，我去。”

“只是出发前，还请将军圆我一个心愿。”

因锦屏答应去邺北救王玙，龙骧将军答应了她的请求，于傍晚为她捉来了庾牧之妻。

难以置信，手段如此阴狠，大丈夫亦为之胆寒的太守夫人，居然身量娇小，面容柔美，甚有几分慈眉善目。

“就是你，杀了我的小梅。”

庾夫人见她手持匕首，夷然不惧，嗓音亦是轻轻柔柔的：“这位女郎，妾并不识得什么小梅。”

闻言，锦屏委派两名军士去地窖搬来尸体。因为天气炎热，腐尸表面已经渗出一层水液，且散发出刺鼻的气味。

见到那女尸面容，对方大袖下的手臂终于开始颤抖。

锦屏用匕首雪亮的刃尖，轻描对方那雪白的耳朵：“庾夫人，知道我为何迟迟不让小梅入土为安吗？没办法，我总得还她一个全尸啊。”

话音未落，女人随即号哭大骂：“我可是王家嫡女！！如此贱婢，死便死了！何苦要讨到我头上来？”

话音未落，两旁的军士不以为然地解释：“女郎勿忧，她只是一旁支，背靠主家而已，还请速速动手，吾等需尽快去寻王郎君。”

那夫人闻言哭号更甚，却被军士狠狠甩了一嘴巴，直摔得口鼻流血，几欲昏厥。

锦屏摇摇头：“是王家人又如何，我与你两条贱命，换王玙一条贵命，王家人也会觉得很合算吧？”

在女人惊恐的嘶喊里，小梅，终于可以完完整整地走了。

拾

此间事了，慕容垂一行立即动身前往陈郡。

此处尚有王谢两家的嫡支滞留，因要营救王玙，慕容垂得到了王家支援的六万子弟兵。

据说王玙之母，陶阳长公主还承诺他，待救回了王玙，会再向圣上请封一大司徒之位。

只是看他无动于衷的样子，似并不在乎这虚无缥缈的承诺。

出发之前，众人在暗室中沟通细节，言明会先让她潜入邺北，三日之内，便会集合六万王家子弟，再加上圣上拨与的三万精兵，号称十万大军，浩浩荡荡地攻入城内。

而她作为内应，只需待他燃灯为信，选择带着王玙往反方向奔逃即可。届时，自然会有另一支队伍前来接应。

正商议着，忽然有人来报，说陶阳长公主急着要见恩人，早已在门外等了许久。

锦屏心下惶恐，出了门便拜倒在地，不敢抬头，面前，出现了一双满绣了卷草纹的软鞋。

“女郎是我们王家的大恩人，何必行此大礼？快请赐座。”

于是，她被人搀起来，扶到了一个桃木椅子上坐着。对面便是一高华妇人，年约四十许，两鬓微华，不怒而威。

见她垂头不语，长公主连连点头：“相貌倒是不俗，怪不得玙儿为你置了宅子。”

“我听说，就连崔家小郎也哭着喊着求取你，可有此事？”

锦屏听后，尴尬极了：“小君，此都为讹传，小女不过帮了王郎君一点忙，这才受赠了些财物房产，但其他的是真没有。”

“既如此……”长公主疑惑道，“你和玙儿之间并无一丝风月，又为何要去救他呢？”

锦屏张了张嘴，却哑口无言。

是因为他给的那五百金珠？还是因为他帮她救了小梅？

“小君，我也不知。”她低下头，声音带着几分迷惘，“非关情爱，不知为何，却总是与王郎生死纠缠，或许，这便是命吧。”

“郎君需要我的时候不多，但如有所求，锦屏责无旁贷。”

长公主闻言，这才点点头：“原是一有情有义的女子。再看我玙儿从前，身边总围绕着大世家女子，可此番他落难了，却无人愿意前往相助。”

不知为何，这话令她心下一涩。

“锦屏只是一小户女，如何能与世家贵女相提并论呢？”

长公主闻言，像是想起了什么似的微微一笑：“贵女又如何？”

“玙儿自冠至今，尚未有入他眼的女子，他总说那貌美的蠢笨，精明的又貌丑，挑挑拣拣，至今房里无人，更不谈子嗣了。”

锦屏听着，忍不住暗自慨叹。

然而，这细微的表情也被长公主捕捉到了，转而问道：“女郎有何话说？”

她只好诚实以告：“如此行事，不愧是王郎君。”

以为她是动了心思，长公主连忙安慰：“放心，玙儿既然能为你置宅，必是心中有你，待你们回来了，我必亲自执贵妾之礼抬你过门……”

她如今一听为妾就头大，连忙摆手：“不不不，王家是何等门第，锦屏不敢肖想！”

长公主闻言，掩口胡噜：“小儿女看不清自己心意，倒也寻常。”

锦屏无意与一位长者争辩，只好低头不语，以苦笑相抗。

待长公主终于心满意足地离去，江娘子从厢房走出，轻声垂问她：“锦屏，你若不想去，现下回了慕容垂也不碍的。”

“不了，我意已决。”

江娘子闻言，口吻流露浓浓担忧：“你既不是王玙外室，何苦定要牵扯进来？”

“或许，是他于我有恩吧。”

她诚实道：“再说乱世之中，我无父母丈夫怙恃，早晚一死，还不如去救王玙，不过拼死一搏。”

“这之后，也许能再借一借王家的势，也好歹混个老死。”

“你！唉……”

见她并不动摇，江娘子在原地转悠了半晌，忽然下定了什么决心似的，从贴身的香囊中取出一物，悄悄塞到她手心里。

“你拿着，此物或许可救一命。”

天意不祥，致王师溃败，王玙为胡羯所俘。此时胡人已连下十城，唯有士族所在之江南令其不敢妄动，因此大单于扣下王玙后，四处寻找让他屈服的手段，美人异士，狂客谋臣，流水般地送去，极力行诱降之事。

这夜，城外又送来一美人，自言乃王玙爱妾，出奔来寻情郎，因有王家人从旁佐证，单于见之大喜，连忙唤侍女为美人洗风尘，梳高髻，打扮得妖妖娆娆地送去王玙居所。

这个美人，自然就是锦屏了。

为了让她下死力策反，大单于甚至允诺事成之后，要封她为女相国，也不知王玙得知此事，会怎样地嘲笑于她。

拾级而上，灯火长明。在两行侍人的带领下，锦屏裹着一件大氅，进入重重纱帐之中，那熟悉的身影就躺在深处，双目紧闭，似已熟睡。

无论何时，王玙坐在众人当中，总如珠玉在瓦砾之间。

她见过他许多模样，盛气凌人的，冷面嘲讽的，从容都雅的，却不包括今天这副濒死的面貌。

奄奄一息，面若金纸。

再看床边小几上摆着诸多食器，美酒佳肴，完好无损，榻下的小婢怯怯望来：“王郎君不饮不食，今日，已是第四日了。”

锦屏明白了，王玙以一种极惨烈的方式，选择了以身殉国。

“王玙，王玙！”此刻她跪在榻边，不断在他耳边呼唤名字，对方却一动不动，恍若未闻。

她连忙向小婢招手：“水来！”

那小婢连忙端来一盏雪白牛乳，看着还很新鲜。

锦屏将牛乳凑到那苍白的唇边，尝试向内倾倒，可对方却阖目抿唇，牙关紧咬，牛乳很快顺着嘴角溢出，流得满襟都是。

一狠心，她将牛乳倾倒入口，并不断以口哺入。

“王玙，你醒来，你醒来啊！”

终于，在整整泼洒了三四盏牛乳后，怀中人发出一声呻吟，双目微微翕动。

她不禁喜极而泣，捧住他的面庞不住流泪。

而对方昏沉的眼中，流露出的是犹豫，是疑惑，更是爱恨交织的悲喜。

见他极力想要说话，她将耳朵凑到那翕动的唇边，却听那声声迷惘，字字含悲，一直递进她内心深处。

“为何……

“为何穷途末路时……

“我身边总是你……”

对此，她也唯有小声嗫嚅：“或许只有这个时候，郎君才会需要我吧。”

闻言，王玙凝视着眼前的女子，眸中似流转着复杂感情，又似蕴含着千言万语。

忽地一展大袖，将她紧紧搂在了怀中。

拾壹

锦屏服侍了王玙一天一夜，对方终于恢复了元气，能够自己进食一些汤水。

借口需要静养，锦屏将婢女们赶出房门，接着便将香炉中的灰倒于盆底，用指尖陆续写下一行字——

慕容垂三日攻城。

王玙看完，点了点头，并无什么特别表示。

她虽心焦如焚，也知道不能操之过急，服侍他又吃了些米糕，便将人搀去廊外透气。

大单于早等在门外，王玙一见他，便肃容怠目，似不愿理会。

见状，她连忙从旁揖礼："大王，我家郎君尚有不适，还请宽容几日。"

大单于面色几变，终于还是忍了口气，一甩袖子，扬长而去。

眼见人已走得看不见了，锦屏忍不住咬牙："王玙，你就不能忍上三天？"

对她的惶恐，王玙报以微微一哂："放心。"

"我王家久驻江南，数十万子弟一呼百应，如此局面，他怎舍得杀我？"说完，王玙便一晃膀子摆脱了她，径直往前方高台行去，一面走，一面支使她做事，"拿纸笔来。"

然而，等锦屏拿来了纸笔，本以为会看到什么机要的她，却看到对方一番挥毫，淋漓尽致地画了只老鼠。

瞧王玓落在胡人手里的日子，说不得比别院时还要悠闲，她忍不住出言相询："你为何如此喜欢画鼠？"

对方昂然而笑，一手指鼠："瞧这小眼如豆，伶伶仃仃的，像不像你？"

犹记讨金珠那日，他笔下那猫捉老鼠……

于是她虚着眼，望着他在那老鼠头上依旧画了只威风大猫，猫爪高悬，而老鼠在其下抱拳讨饶，状极猥琐。

王玓一气呵成后，便将墨画展示在案上，颇有些志得意满："如何？"

锦屏："……"

见她似有不快，他忽然柔下了声音："怎么，如今胆子肥得很了，竟敢朝我甩脸子？"

她轻咳一声："没有。"

说罢便也学着他的样子，拿了那笔在纸上乱画，王玓冷眼觑着她写了几个大字，神情越来越痛苦，甚至以手加额。

"世上最煞风景之事，便是观美人写丑字。"

她不理，依旧笔下不停。

等了一会儿不见对方嘲讽，转头再看，却见人靠在廊柱上闭着眼，竟好像睡着了。

是了，他断了几日水粮，会有一阵子虚弱也是常理。

于是趁他小寐，她撕下那画纸上的老鼠，用口水粘了，偷偷贴在那猫的头上，正暗戳戳贴着，却不意王玓在身后幽幽道："为何要骑我头上？"

锦屏连忙掩卷，却见他长臂一伸，已是将那纸抽走了，拿在手里细细观赏："不错，不错，趣味盎然。"

一边点评，一边还用眼睛耐人寻味地觑她："你若真喜欢骑，让你骑一骑又何妨？"

她正脸上泛红，却听不远处传来一声呼喝。

却是附近一将领见两人拉扯，随即闯进高台，指着案几上的墨字大吼，似在斥问什么，只是他方言浓重，锦屏一个字也没听懂。

只见刚才还笑着的王玙，忽地腰一弯，伸手便抽了那胡人的腰刀。

横刀断颈，血流喷瀑——

只在刹那，面前便多了一具应声而扑的尸体！

许是经历过滁州一事，锦屏现在看到死尸已无感了，但这附近都是婢女，很快便叫声四起，惊动了大单于。

对方匆匆赶来，见爱将被杀，双目赤红："王家贵子，我敬你是君子，你却杀我帐下左先锋，此事可是君子所为？"

王玙冷道："杀便杀了，又如何？"

见那单于额头青筋直露，眼看已在暴怒的边缘，锦屏将染血的猫鼠图呈上："大王，我与郎君正恣意作乐，是这人忽然闯入，对我言语不敬，郎君这才杀了他。"

大单于显然不信："作乐，为何要画猫与鼠？"

她连忙攀住王玙手臂，状若扭捏："这猫是我家郎君，这鼠，自然就是我呀。猫戏鼠，鼠驭猫，只是闺房之趣罢了！"

大单于闻言，面皮抖了几抖，终于还是将纸丢还回来，一脸晦气地走了。

锦屏将纸团成一团，恨恨掷在王玙面前："你若一心求死，那我来这里又有何意义？”

对方神色清淡：“南锦屏，你很怕死吗？怕死，为何还来找我？”

她语塞。

见她不说话，他一扬袖往回走，似乎丝毫不放在心上：“身上溅血了，你来为我更衣。”

锦屏心下不快，又怕他作妖，只得怏怏地跟上去。

大单于对王玙还算礼待，衣物和王家的虽不能比，却也质地精良，剪裁合宜。

谁知，她刚为他宽下了外面的大袖，就被紧紧捉住了双手。

王玙一双眼凝过来，表情疑惑：“你的手……”

见对方似有嫌弃，她悻悻然：“郎君莫嫌弃，上一次，也是这双粗手为你更的衣呢。”

然而还没反应过来，一双手已被他紧紧捉在手里，甚至塞入自己衣襟里比较：“不对，上一次的手明明细腻柔滑，不似今日老树皮！”

拉扯中，她满面涨红，一不小心就扯开了他的衣襟。

一张半新不旧的银鼠色帕子，飘然落地。

这帕子看着十分眼熟，四边微微翘起，还有些许褪色。

锦屏将帕子拿在手里，浑身瞬间僵硬，只能紧紧看着王玙质问：“你不是说这帕子丢了吗？”

对方不答，眼睛看向别处。

“敢问郎君，为何没有丢我的帕子，还一直贴身放在怀里？”

“你说呢？”

“锦屏不知。”

“当真不知吗？”

锦屏原以为，这人对她只有玩弄之心，却没想到他随身带着这张帕子，从江南到邺北，濒死也未丢弃。

此刻千言万语，无可叙说。

只能默然凝视着他，双肩颤抖，清泪直流。

“哭什么？”王玙吁叹一声，伸手来替她擦泪，“小眼闪烁似鼠，哭起来似水鼠。”

闻言，她忍不住反驳：“既如此讨厌我，又为何留着我的帕子？”

“我也不知，只是时时憎你，厌你，又会忍不住想你，念你，你说，这又是何故？”

“憎、厌，为何要在想、念之前？”

“唉，你说什么，便是什么吧。”

难得见到高傲的王郎君有此无奈之色，锦屏忍不住想笑，眼泪却苦涩地滑入唇角。

见她泪流不止，王玙轻轻一展臂，让人躺在自己的臂弯上，口吻颇有些幽怨：“昔日让你作我的妾，你不愿意，如今我身陷绝境，你却跑来与我一同赴死？”

“南锦屏，你虚伪。”

闻言，她笑了。

“是呀，你夺了我给你表弟的帕子，转身就藏在自己怀里，你不虚伪。”

“你……”王玙好似又被她气着了，一把将人推开，转身面壁。

此时，恰好婢女送来了午膳，锦屏将饭菜布好喊人来食，却见他回身瞧了一眼，面露不屑。

“啧，这碧眼贼，愈发敷衍了。”

她瞧他不像战俘，倒更像个大爷，当下只好盛了肉羹，凑近那紧抿的红唇：“郎君好歹吃点，保存体力。”

“不吃，没胃口。”王玙瞥她一眼，忽然挥挥衣袂，语气轻快起来，“江南有名菜，曰美人舌，不知女郎可有听说过？”

说罢，便用一双漆黑的眼勾着她，神情微妙而深邃，使人脸红。

一抔热羹，不知何时已被泼洒在地上。

锦屏蓦然被他拉到怀里吻住，像坠入了一汪充沛的泉。

王玙先前还是溪边吊影，饮风食泉的模样，不过一会儿，那一双清泓似的眼睛，便被搅动得沉郁泛红，薄唇微张。

“你若不愿……”

对此，她没有扭捏，只伸出一根指虚按在他唇上：“愿与郎君，尽此一夕之欢。”

既不能长相守，便只在此处，只在此刻罢了！

拾贰

因嫡母所为，锦屏曾对男子畏惧如虎。

然而，王玙是多么与众不同的男人啊。

他洁净的鬓角，清凉的口息，如雕如琢的面孔，让这场南锦屏以为的污浊之事，变成了一场旖旎而沉醉的幻梦。

因他的垂爱，使她长久的痛苦得到了抚慰。

帐中，男人滑凉的墨发铺了满枕，神情熏然，引人沉醉，而她上襦搭在臂弯，后背被他充满爱意地摩挲着，她贴在他耳边絮絮低语："王玙，你不能死。"

"你若死了，王家第一个生乱，司马皇族躲在建康，还等着你主持战局呢。"

他沉吟一会，方轻声道："寒门有慕容垂，亦可一用。"

"慕容垂也等着你呢，用你换军权。"

王玙轻笑两声，似乎她在说什么玩笑话："你仔细想想，他救我固然必要，但未必要我活着。"

这，这话又是何意？

锦屏有些执拗："可他说必来救你，不在今日，便在明日了。"

"哦？那他是如何说的？"

"他说先用一支兵引走大单于，再分两支队伍，齐攻邺北东西两门，我们只需逃去南门……"

孰料，王玙闻言失笑，甚至笑得差点滚下榻。

直到见她面色不愉，方有所收敛："也罢，不如我们今日便去看看，他所说的'南门'，如何？"

闻言，她心下狐疑，但一时没旁的办法，也只能伺候他起身更衣。

借口饭后消食，两人坐上了胡人的车马，前后左右，足有数十个荷甲骑兵一丝不漏地围绕着，骨碌碌地驶到了城南。

然而沿着墙根转了许久，都没找到慕容垂口中的"南门"。

锦屏借口小解，一个人溜到了墙根下的民居角落。

这里乞丐遍地，她找到一老人，对方却耳聋昏花听不懂问话，又找到一小童，那孩子却茫然四顾。

“邺北没有南门，只有东西两门。”

一连问了几人，皆是如此答案。

她的心渐渐被冰雪包覆，沉沉坠入谷底。

入夜就寝时，锦屏失魂落魄的样子被王玙收在眼底。

他安慰地轻抚她头顶：“事已至此，又何必想太多。”

“你瞧，你这一趟不光得到了郎君的人，过阵子还能得到郎君的鬼，难道不划算吗？”

她嘴唇哆嗦，笑得比哭还难看：“我要你的鬼有何用？”

“我原本看慕容垂信誓旦旦，还以为这一次也能轻松救出你，这之后背靠王家，不仅能拿到金珠，多少也能混个善终……”

王玙见她说得认真，哭笑不得。

“也罢，看来我王三在你眼中，始终是不如金珠！”

说着便摇摇头，一手抓了钵盂里的松子吃，一边吃着，一边还丢了几粒在她脚下。

“嗟，鼠来食！”

只见对方目光淡淡含笑，衣襟微敞，露出的一块肌肤如银箸春盘上的鱼脍，肤色生光，玉白半透……

瞧那荡漾生春的样子，不知是叫她去食松子，还是食大猫。

她便不知为何，又莫名其妙地与他滚在了一处。

翌日，凌晨。

王玙忽然披衣起身，神情肃寂，站在窗口远眺。

锦屏这一夜几乎都在辗转，刚模糊睡着，便见他拿了衣衫裹了她，口吻清淡：“慕容垂不救我还好，他这一来，恐怕叫我死得更快。”

“什么意思……”

她刚披上外衣，便见那轩敞的窗口，一道火光如流星划过，仿佛无声惊雷。

这道光过后，左右忽然人声沸腾！

两人站在窗口，眼睁睁地看着成百上千支遒劲的火箭射入城内，落在辎车上，马棚上，屋顶上……

“他，他怎能用火攻……”

这把大火一烧，岂不是注定要将王玙与胡人一同烧死在城里？

“慕容垂不过利用我罢了，只可惜了你。”王玙朝她低头望了一眼，那一眼，有怜爱，有惋惜，更有宿命如此的慨叹，“你若不来，现下还好好地活在滁州。”

锦屏刚想说自己差点被烧死的经历，便见大门被轰然闯开了！

大单于携左右武士，径直破门而入，半张脸满是火灰：“王君子，你告诉我，我于城外五十里设了岗哨，慕容垂怎来得如此之快！”

王玙倒也不藏私：“慕容世家善练鬼兵，马蹄包上毡布后，能夜袭百里，悄然无声，何必少见多怪？”

大单于被他一激，连连咬牙：“你告诉我克制之法，我封你为大相国！”

王玙淡笑一声，指向锦屏：“不用大相国，你将我爱姬送出城，我考虑告诉你。”

“不，我不走！”

见大单于似有意动，她连忙死死攀住王玙：“大王，我不走！你让我好好劝下郎君，他平日里最听我的了！”

王玙闻言，脸色立变："南锦屏！你！"

她连忙掐他手心，又对着大单于谄媚不已："可大王若真将我送出城，他便真的无人可制，到时再后悔也无用了！"

大单于头次见王玙气怒攻心，半信半疑，当下令甲士将两人带去城门，直接关在附近一处民居里，以便随时监守。

只是这一处也即将沦陷，房中浓烟弥漫。

王玙见大势已去，叹息连连："这下可是真完了，慕容垂凡过一处，动辄屠城，火已经蔓延全城，我俩也只能地下再聚了！"

锦屏不说话，而是拿下头上金簪，捏碎上面的东珠，从中取出一枚蜡丸："我不来此，胡人的铁蹄扫过滁州，也是必死，可我既来了，便要和老天搏一搏。"

王玙神情一动："你要如何做？"

她将那蜡丸偷偷塞在他手心："我有一计，可让我们逃出生天。"

"郎君，敢将生死一付？"

王玙服下药，很快便头晕目眩，锦屏将人慢慢扶到墙角，抹了点黑灰涂到他鼻子下面，自己则披散了头发，在房内哭哭啼啼地大叫。

"王郎，王郎！"

没叫几声，几名胡人将领破门而入，连忙将半昏迷的王玙抬了出去，放在门外的空地上。

随行军医闻风而至，一探王玙脉搏心跳，面色丕变。

锦屏观他反应，适时在旁边饮泣："王郎素有喘疾，不过吸了屋子里几口烟气，暂时厥过去了而已，定然还是有救的！"

“你们快点救救他啊！”

那军医闻言，一双眼狐疑地看来，她连忙将脸埋在袖子里哭。

大单于闻风而来，面黑如炭：“王君子如何了？”

军医斟酌着道：“此人心跳渐无，气若游丝，瞳孔放大，已呈必死之态。”

大单于怒吼一声：“他还没告诉我如何制服慕容垂，怎能现在就死了？”

军医见他发怒，唯有诺诺连声：“大王，若人天生有喘疾，又吸入了过多烟尘，即刻致死也是有的！”

见势不对，另一名将领也从旁声援：“大王，生死有命，当下慕容垂火攻，我们受困城中，存亡只在旦夕，事已至此，吾等不如另想他法！”

当下，左右连连附和，大单于连连顿足，对着王玙的尸体咬牙不止，又转头望着锦屏，眼中流露残忍：“王郎君已死，留着这妇人也没用了。”

“留一副心肝，剩下的就都给你们了！”

那几名将领闻言，面露喜色，她连忙止住啼哭，扑上去抱住对方粗壮的大腿：“大王，别杀我，我还有用！”

“若只是想要慕容垂退兵，此事并不难！”

大单于闻言，双目微眯：“哦？你有何法？”

锦屏连忙大声进言：“大王只需派斥候军前喊话，说王玙已死，将他全尸赠予慕容垂，他必退避三舍以迎。”

“只因慕容垂所募之兵，皆来自王家援助！”

几名将领闻言，沉默的沉默，称奇的称奇，大单于却狠狠道：“你是王玙的人，我怎知你不是使诈？”

此刻，数十双眼睛盯来，如利剑悬于头顶，她只得跪下砰砰磕头，直磕得额头出血：“大王，我也是心疼郎君客死此处，想给他留个全尸归乡罢了，求大王成全！”

大单于听她这么说，这才哼了声：“哦，原是你私心作祟！”

见他神色几变，犹豫不定，之前那将领连忙上前抱拳：“大王，事不可止与此，还请大王速速定夺。”

被连番催促，大单于无法可想，终于狠下心来：“释出两名军前斥候！”

“喊话慕容垂！”

拾叁

闻言，锦屏激动得心都快从嗓子眼里跳出来，只勉强维持那副梨花带雨之貌。

斥候派出后，大单于将王玙尸体带去瞭堡，隔着女墙远眺城外战况。

一开始派出的斥候，刚喊了两声便被射落马下。

这之后，大单于又派出两名先锋，喊话数十次后，对面攻势衰减，嘈声渐众，王家子弟皆弃兵卸甲，不愿再战。

左右将领自然喜极：“此法果然有用！”

锦屏见状，连忙趁势鼓吹：“如此，大王只需大开城门，将王玙送给慕容垂，对面定然退兵。”

大单于闻言，沉吟片刻，便唤人开启城门，另给王玙备了长车，以战旗覆盖遗体，沿护城桥缓缓推出。

漫天寂静，唯闻城中燃声哔剥。

然而，她刚要随车同行，便被大单于死死按住肩膀，神色狞然。

“你这妇人如此聪颖美貌，又何必回王家守寡？”

他一面说着，一面将人往城墙边拖：“从今往后，你便留在我身边侍奉，如何？”

锦屏被那双粗糙的大手扼制住，一时脑袋里全数空白，眼见盛放着王玙的尸体的车渐渐消失于城门，连忙大声哀求。

“大王！好歹让我与王郎告别一番！”

“他已死了，此举又有何意义？”

“如此我才好彻底放下，从此专心侍奉大王！”

许是女人的饮泣令人烦闷，大单于终是松了手，锦屏得了自由，便立即沿着燃烧的护城桥去追王玙。

此刻星垂平野，远望旌旗遮天，三军不发，车马喑哑。

她跟随在王玙车乘之后，短暂地走了一段。

想说点什么，又觉无话可说，只有掏出怀里的帕子，默默塞回那军旗之下。

这之后，便站在原地，目送那漆黑的车驾远去。

不过一盏茶时间，她便被大单于着人带回，直接挟上女墙高处，低头往下看，便是滔滔的护城河。

遥望远方，王玙的车驾进一步，慕容垂的大军便退一步，眼见已退得看不到了。

大单于十分满意：“美人，你说，接下来该如何做？”

锦屏低下头：“邺北已被慕容垂摧毁，大王可弃城而走。”

他放肆地摩挲那纤细的腰肢，口息恶臭，喷得她几欲窒息：“呵！这之后他定会追击于我！此法不可行！”

她心下厌恶，漠然而笑：“知道打不过，那便滚回你的漠北老窝！”

“什么？”

不等他反应过来，这柔弱的女子已然狠咬他手掌，挣脱了钳制后，面对四方狙来的长枪，她身不由己地往后退了两步。

身后便是女墙豁口，其下，是滔滔长河！

“南家女郎，这药是从豚鱼血中提取，服下后足有三个时辰身体僵硬，状若濒死。

“若你最终落在胡人手里，不愿受辱，便服下这龟息药，左右也算半条生路。

“只是这药剧毒，服下之后，你亦有醒不过来的可能，万望谨慎……”

迷蒙之中，江娘子的声音在她耳边萦绕，锦屏勉力撑起沉重的眼皮，眼前却并没有什么江娘子，只有一处荒凉的河滩，唯闻流水哗哗。

最后的记忆，是她沿着女墙的豁口掉下了护城河，之后适逢跌潮，便被汹涌的水浪裹挟，被一直冲到了下游的河滩上。

如此，也算福大命大。

再活动一下身体，却发现左腿软绵无力，动一下便疼得钻心。

考虑到大单于若有余力，定会往下游搜寻，她连忙拖着伤腿，往前方的树林艰难挪动。

刚挪不久，便听林中窸窣作响，深处忽然蹿出一名衣衫褴褛的少年，看眼珠长相，明显是大邺人。

她心下一喜：“救……”

然而，没等她把话说完，那少年却握手为锤，一锤下来，便将人狠狠锤晕了过去。

再次醒来，面前是青灰色的黯淡天空，昏聩中，锦屏被那孩子拽着脚，一路拽到一处断壁，壁下还躺着两个老人，同样衣衫褴褛，饿得奄奄一息，双眼凸出。

少年喜道：“阿爷，河边得一两脚羊！”

“我们可先吃肉，再用骨头煮汤！阿娘喝了汤，定会醒过来的！”

说完，便用一双发着饿光的眼睛看着锦屏，吓得她连忙求饶：“小郎君，要吃我也可，只是千万给个痛快。”

那少年将她牢牢绑好，双腿架到高处，之后便开始点火，口吻尚存稚气：“不行，那样不新鲜！放心吧，我先吃你的脚，你还能活两三天的。”

“那可谢谢你了。”

此刻，锦屏心知无力回天，也只能苦笑一声。

火苗燃起，她渐感双腿火热，也唯有紧咬牙关忍受痛苦，却见眼前的少年面露惊恐，霍然后退数步！

就在此刻，一支羽箭斜刺里飞来，骤然打散了她身下的篝火！

再看身后，数名甲士疾速包抄而来，为首之人是她曾多次见过的，似是名叫王丁的。

见锦屏仍活着，对方也是面露惊喜，连忙将人从火堆中解救出来。

不知王玙能否活过那豚鱼剧毒，她心中牵挂，连忙紧紧攀住他手臂，声音嘶哑：“王，王玙……”

王丁闻言怔住，忽然双目通红，眼中盈满了泪花。

见对方不住抹泪 ，锦屏心下一沉：“他如何了？”

王丁唏嘘数声，连忙解释：“郎主昨日便醒来了，之后便令我们沿下游寻找女郎。”

她这才放下了一颗心，忍不住叹气：“那你哭什么？吓死我了。”

“只因郎主他醒来的第一句话，问的也是锦屏……”

她闻言，想笑，又有点想哭。

王丁将人解救了，便挥舞长刀，向那躲在矮墙下的少年走去。

锦屏连忙制止：“勿杀他！”

见对方不解，她叹道：“不过还是个孩子，算了吧。”

王丁点点头：“女郎心地仁善，无怪乎上天护佑。”

锦屏不信什么上天，却也不能否认这一路的幸运加持。

这之后，王丁指挥将士们将人抬上战车，她很快便在车轮的滚动声中陷入了昏迷。

许是伤腿发炎，这夜过后，锦屏便发了高热，整个人陷入混沌之中，只模糊感觉自己被人抬下了车，又送到一间大屋子里。

这里气味芬芳，绸被丝滑，每隔一段时间，便有人用冷巾擦她裸露的肌肤，一边擦，还一边不停唤她的名字。

她努力想要回应，张翕嘴唇，却只能发出模糊的呻吟之声。

每到这时，那人便会扶她起身，将一杯清凉之物倾到那苍白的唇边。

“好孩子，喝一点。”

声音清澈动听，使人浑身舒惬。

不知过了多久，她终于从重重迷雾中挣扎出来，掀动两条沉重的眼皮，面前便是满绣卷草纹的青色帘幕，锦幔玉钩，富贵之极。

锦屏掀了被子，就要下地，孰料昏睡多日双腿虚软，当即狠摔了一跟头，痛得躺在地板上连连大叫。

门开了，却是两名婢女，见状连忙上来搀扶。

她紧紧抓住其中一人："王玙呢？"

那婢女擦着她额上冷汗："郎主正在公主处叙话呢。"

"是吗。"

锦屏闻言，陡然想起这里已不是邺北，冲动的心情逐渐平息，一股说不出的失落油然袭上心头。

另一名婢女见她面有怅然，轻声劝解："这几日郎主贴身照料女郎，甚少假手于人。"

"您不若等在门外，郎主见您醒来了，定是十分高兴的。"

见她点了头，两名婢女便搀着人缓缓往外厅走，穿过两道垂花门，来到一处更轩敞的门厅外。

隔着珠帘，只听一道女声叹道："如此美姬，又有急智，无怪乎我儿爱之。"

"只是我王家何等门第，你将她带入家中，无媒无妁，终究是落人口舌。"

这之后是年轻男声，隐隐狂傲："母亲，我王玙做事，何须他人置喙？"

"如今胡羯肆虐，北境连连失守，百年公卿或许顷刻覆灭。王家需要的，是一个聪敏勇敢，又能与我共进退的女子，而非一个软弱的四姓女。"

长公主连声道："你待如何？她父母已殁，门第又低，你难不成真要娶回家来？"

顿了一会，王玙淡淡道："江山与美人，二者不可得兼？"

“若我都要呢？”

说罢，不等长公主回话，那珠帘便被哗然掀开，王玙面色沉冷，大步往外走。

锦屏刚要出声，便见他脚步忽然停下，回身睇住了她。

这一刻，两两相望，四目相对。

见她畏畏缩缩站在人后，王玙面色不动，只站在门口招手。

“你过来。”

被那黑沉的眼眸盯着，她站在原地，小声摇头：“王玙，我脚痛。”

见她走不了了，他便向她走来。

只听木履声声，渐踏渐近，一只修长的手伸到了面前。

锦屏抬起眼，面前便是那张魂牵梦萦的面孔，再看那眼中数不清的痛惜与怜爱，忽然便有无限的委屈涌上了心头。

拾肆

王玙将人安置在自己卧房外的小耳室，入夜了便偷偷提灯而来，悄悄坐在她床边。

此刻的锦屏正躺在被窝里，为长公主白日的话伤心流泪，他从后扳住她肩膀，毫不同情地嘲笑：“哟，今日又见水鼠。”

她正痛苦着，闻言心下更难受：“你若不愿见，我走就是了。”

王玙见她真生气了，连忙放柔了声音哄劝：“哪有不愿见你，恨不得与姬日日夜夜，再不相离。”

说这种情话对王郎君来说，是极为罕见的，仿佛柳暗花明，又见山水，又仿佛历经苦海，转而回甘。

她诧异之下，甚至忘记了哭泣，王玙见人不哭了，低下头，在那皎洁的额上轻落下一吻，修长的手指在那长发中穿行，娓娓轻吟。

“宿昔不梳头，丝发披两肩，婉伸郎膝上，何处不可怜？”

月华似练，有一丝半线漏到床畔，借这光看对方，只见其双眸幽暗，隐含怜爱。

锦屏这才后知后觉，王玙这是在哄她开心，可实在调动不起情绪，反而更加悲伤：“郎君瞧那月亮，今日如此圆满，不知明日又会如何……”

他不明白何意，只顺着她的话往下说：“天有阴晴，月有圆缺，这谁又说得准？”

“是啊，这谁又说得准？”

她长叹一声：“月亮尚且如此，更何况是人呢？”

王玙听了，才知这话是在影射他，顿时色为之变，声音沉冷：“哼，牙尖嘴利！”

但也只是训斥了一声而已，并没有更加发怒的表示。

如今，这个人对她，似乎有了许多忍耐。

可离开的念头却在锦屏脑中扎下了根，甚至连看见门外的马车，都会忍不住浮想联翩。

左右王家无人管她，三日后，她趁着王玙不在，仍是揣了金珠，戴着面巾，偷偷驾走了一辆马车，车轮嘎吱，上了长街。

陈郡繁华，比滁州更甚，此处物阜民丰，郊外又有绵绵不绝的良田，也许待王玙去了建康，她便可留在陈郡，左右有金珠傍身，也能图个逍遥自在。

这么想着，便从清晨逛到了下午。

直到执鞭的手累了，锦屏勒转马头，打算掉头回去，顺便向王玙道别，没走几步，却见道旁的书肆走出几名缁衣少年。

当先一位面皮白皙，五官秀出，瞧着有几分眼熟，那人被她望着，也呆呆地回望她。

“你，南家女郎，你怎会在此？”

不意他隔着面巾还能认出她，锦屏微感惊讶：“崔郎君？”

对方勾着头，看到她车上的王家家徽，面色忽然一变：“你为何驾着王家的马车？”

“啊，我……”

刚待解释，便见对面的长街奔来一队甲士，迅速拦在车头前，再看那领头的人，却是王丁。

见锦屏坐在车辕上，王丁长松了口气：“女郎，你怎可在外乱跑？郎主找了你许久。”

她连忙道：“我马上回了。”

崔湛在车下看两人，一双眼睛颇凌厉：“南家女郎，你何时与表哥关系这么紧密了？”

“崔湛，你有事？”

话音未落，甲士们纷纷相让，人群尽头驶来一辆金顶乌篷马车，一张修长手掌轻掀车帘，寥寥数语虽清润动听，却不怒而威。

崔湛闻言，浑身僵直：“表哥！！”

“你令我远离南家女郎，可自己却……你怎可如此！”

“呵。”王玙这淡淡的一声，分明是不屑辩解，且把话头直接转向了她，“锦屏，到我车上来。”

十目所视，众目睽睽，锦屏见崔湛眼眶通红，满面苍白，只好下了马车，对他弯腰一揖礼，便转身徒步而走。

崔湛很快便远得看不见了，而锦屏身后却渐渐跟上来一群甲士，并嘎吱的车轮声。

她知道，王玙还在。

又行过一条长街，她实在走不动了，步伐也慢了下来，那马车渐渐与她并行，车帷掀起，露出一张玉白色面孔，肃容霜雪。

“南锦屏，你要走去哪里？”

锦屏不答，照样走她的路。

对方隐隐发怒，气息不稳：“你可知你在外一日，我四处寻了你多久？你为了崔湛，居然如此对我？”

她闻言，平平回复：“若我当着他面，上了你的马车，他会怎样看我？”

王玙不以为然：“那也是早晚之事！”

“现下他已远了，你若再不上来，我便下车与你同行，到时恐怕全城的人都能看见，南锦屏，你定要如此吗？”

听他口吻淡淡，所言却不可忽视，锦屏忍了口气，终是爬上了马车。

王玙坐在车里，一张脸不辨喜怒，见她默默坐在车门处，口吻好听了许多：“今日怎的一个人出门？”

“不过是逛逛。”

“以后不许如此，必要时带上王丁。”

她并未接下话头，而是目光看向别处：“若不然，过几日我还是走吧。”

对方忽然一笑：“你要走去哪里？”

她茫然："我也不知，郎君之前给的金珠还在，或买点宅田，做点买卖……"

"你坐得远，我听不清。"

她闻言，只得坐到他身边去："或者看在我救了您两次的分上，您再赠些金珠……"

话音未落，便被王玙捧住脸庞，亲得透不过气来："金珠！金珠！我让你再说金珠！"

锦屏被他唇边的胡髭扎得大叫，连忙求饶："我错了，我错了！以后再不说了！"

王玙这才放了手，坐在一边喘个不停，显然是被气得狠了，但看她吓得贴在车壁，眼神巴巴的样子，又只能强抑怒火。

静了一会儿，他淡淡道："不错，你是救了我两次。"

"除了金珠，你还说过，或可为你安排夫婿，要年轻美貌，饱读诗书，还要嫡母宽厚，家风清正，是不是？"

锦屏诚实点头："是。"

只是她现在早已不作此想了，毕竟乱世如斯，能活到老死已是奢求，更何况嫁个好人，得享天伦？

王玙轻轻一笑，俯身轻抚她头顶，又恢复成之前那八风不动的冷淡模样。

"放心，我必叫你心愿得偿。"

王玙不让她走，甚至打算带她一同前往建康。

离开前，锦屏本想回南家收拾一些行装，却被对方制止，这才想起长公主说过她父母已殁的事，心下久久不能平静。

见她神色彷徨，王玙轻声安慰："你父亲投了庾牧，早在慕容垂入城之际便被他杀了，你嫡母也在事后投缳自尽。”

“不告诉你，也只是怕你伤心罢了。”

锦屏听了，狠狠擦了擦眼睛：“我不伤心！他们虽给了口吃的，却未护我一日，若不是遇上了你，我恐怕早死在太守府里了！”

王玙听了这话，显然十分受用，一手在她发上轻摩，声线温柔：“那是自然，只是郎君怜你，你也要怜郎君，不可再像往日那般气我，知道否？”

她正要答话，一抬头，只见长公主就站在不远处，正默默看着两人，顿时吓得浑身一激灵。

王玙也看到了，声音淡淡地唤了声母亲，也不行礼，便直接将她拉走了。

傍晚，锦屏正跟着婢女收拾东西，便见王玙匆匆走进房内，面露深思之色。

“待到了建康，我会向陛下请封，封你为乡君。”

她闻言大为震惊：“我未有功德，哪里能做乡君？”

对方不以为然：“此次我王家协助司马氏于建康定都，定膺国公之位，授丹书铁券，你两次救我于死地，区区一乡君之位，又算得了什么？”

说着，又沉吟一会儿：“不过你现下父母已殁，当务之急，是另寻一个更好的母亲。”

锦屏不知他要做什么，只能模模糊糊地猜到点意思，大概是为了她好，要给她找个更好的身份。

于是入夜后，王玙命几名婢女为她梳洗打扮，她便默默地受了，任众人将她的发髻拔到一尺高，又穿上足足七八层曲裾深衣，整个人都宽了一圈。

造型完成后，婢女们将人扶到屋子中央，转着圈叽叽喳喳地夸她："女郎真乃神仙妃子！"

"吾等见过数百贵女，也无一人能比女郎高华！"

"是也，是也！"

饶是锦屏被人从小夸赞美貌，也不禁脸烧得慌，正在对镜打量之时，王玙从外走入，站在不远处细细端详。

她便露出一脸苦相："王玙，我的发髻是不是太长了？"

对方睖她一眼，隐含警告："这是上京贵女们喜爱的装扮，你莫要弄散了。"

"哦。"

他又凑近了一些，紧盯那张敷了层层细粉的小脸，忽然自言自语："还欠点东西。"

接着便从妆奁中取了口脂，用黛笔挑了，在她眼下点了两个小小的朱砂痣，神情流露满意："这下便成了，能有个五六分像。"

这之后，一头雾水的锦屏被婢女簇拥着，塞进了马车。

王玙也上车了，就坐在对面，一手还拿着卷绢书，正低头看得入神。

她忍不住好奇："郎君在看什么？"

他眉一挑，见她正勾着头看，便促狭道："在看一只富贵鼠。"

锦屏："……"

车马循循，不到一炷香时间便来到一处豪阔门宅，观此门头制式，比王家也不相上下。

"谢府？"

锦屏抬头看到上面匾字，心下一惊。

这不就是与琅琊王氏齐名的——陈郡谢氏？

无须通报，王家马车便是最好的通行证。

那门房见了车徽，连忙下了门闩，阔门轩敞，恭恭敬敬地将两人一同迎入了。

王玙进了谢宅，如入自家后院，见数名婢女端着食盒往西南方向走，便径直上前招呼。

“姨母饭否？”

领头的婢女见了他，满面笑容：“二夫人正待用膳。”

王玙点点头，便拉着锦屏跟上去，穿过一道垂花拱门，沿着流水长廊走到底，不远处一妇人梳着高髻，似正在葡萄架下忙活。

他走到近前，便笑吟吟喊了一声：“姨母，我来讨口饭吃。”

那妇人见他来了，眼皮都不抬：“王家缺你吃的了？”

口吻虽亲近，却不算温暖。

王玙寒暄了两句，便将怀中的女子往前推：“您瞧，这女郎与您可有几分厮像？”

对方见他这么问了，便也拿一双利眼打量锦屏，眼神颇有挑剔。

只见这妇人生得珠圆玉润，杏仁眼，樱桃唇，哪里都是圆圆的，而锦屏丹凤眼，瓜子脸，除了那一尺高的鬟髻与眼下两粒朱砂痣，两人可谓毫无相似之处。

见他睁眼睛说瞎话，那妇人脸一撂：“你这小子，又来消遣姨母？”

“绝无此意！”王玙连连摆手，“不过是看姨母寂寞，给您找个女儿养在膝下罢了。”

二夫人听他这么说，面色不虞：“我已有了三个儿子，为何要养女儿？”

锦屏正羞愧低头，却见身旁的郎君红唇轻勾，扬起一抹淡笑。

“别的女郎自然不够格，可她，却是我王玓的妻啊！”

那妇人这才转过身，眼神犀利，是和王玓一样的高傲冷漠：“此事，你母亲同意吗？”

王玓轻哼一声：“不同意又如何？”

“我年已二十有五，错过这一个，下一个又在哪里？莫非姨母如我母亲一般，宁可我房内空虚，也定要我娶四姓女？”

那妇人听了，连连叹息，却也未再反对。

拾伍

半个时辰后，从谢家出来的锦屏，忽而便转姓了谢。

且得了一个新的名字，谢翾。

回到王家，脑中还乱作一团糨糊，王玓见她满面迷惘，大袖轻扬，坐于榻上叹气。

“要不是为了你，我何必放下身段，去求一个小小郡主？”

瞧他面露疲色，她连忙为他捏肩：“谢谢郎君，辛苦了郎君！”

“只是锦屏不明白，那夫人明显不愿意，为何后来又点头了？”

王玙听她这么问，便放下手中茶杯，一手将人捞到膝上坐着：“你往日的玲珑都去哪儿了？”

“四大姓氏互相通婚已久，早已同气连枝。谢二夫人无女，几个儿子又平庸，此际能与王家结亲，自然不能放过。”

锦屏这才明白，这是大大借了王玙的光了，鼻子一酸，两行清泪便潸然而下。

王玙见状，面露嫌弃：“你这几日怎么了，竟像是水做的？”

她也不知为何，心中喜悦，眼泪却像涌泉一样止不住，闻言连忙眨眼，想把泪花眨回去。

“许是我丢过那么多次帕子，王郎却是第一个要我做妻的，情难自已罢了……”

闻言，对方轻捏她下巴：“事已至此，还叫什么王郎？”

锦屏这才了悟，结结巴巴唤了一声：“褚……褚卿……”

话音刚落，对方那玉兰色的面颊上极快地泛起一层浅粉，眼神也不由得蒙眬起来。

她一看，又低低缠绵唤了一声：“卿卿。”

“……夫主。”

王玙呼吸急促，双眼亮得惊人，轻咬那一边的皎白耳朵：“小鼠旁的不灵光，这种东西学得倒快！”

锦屏被他咬得一激灵，只得连连求饶，未料对方却愈加过分，声音低悄。

“鼠不想食猫，猫却想食鼠，奈何？”

语罢，她还没反应过来，便被忽然推倒于案，连忙惊声求饶：

“夫主，长公主还等着我们用晚膳，此事不可！”

“不错，这两字更销魂，你再多叫几声我听听……”

这厢王玙还在调笑，门外脚步声渐密，人影晃动，忽然传来一声轻咳。

“玙儿，你父亲有话对你说。”

王玙的父亲从建康来陈郡，下了马连口水都来不及喝，便叫上儿子去前厅叙话。

锦屏跟在王玙身后，因发髻太高，差点过不了门槛。

王玙之父王术与他相貌肖似，留着一把美髯，见一个华服少女亦步亦趋跟在儿子身后，面色不豫：“此女何人？”

王玙让锦屏坐在身边，款款介绍：“阿爷，这是儿的身边人。”

王术点点头，面露欣慰：“甚好，我儿终于开窍了。”

长公主在旁边坐着，欲言又止。

王术随即无视了她，开始和王玙谈起皇宫督造、新帝选秀，迁址祭天等事宜，而王玙显然早有准备，将事例一一安排，落实到人，条理分明，听得王术连连点头。

“我儿还是要早去建康，皇帝尚幼，慕容垂多有僭越之举，还需我儿从旁掣肘。”

王玙一指锦屏：“可惜颦颦伤腿未复，再过几日，待她大好了，我们便即启程。”

王术听他这么说，这才转眼看来，一手抚须：“不错，此女相貌不俗，眼神清正，是谁家之女？”

王玙面色如常：“乃谢二夫人之小女。”

见他当场撒谎，长公主坐不住了，怒形于色：“王玙！！”

王术见她如此激动，颇为纳闷：“此次迁居建康后，我儿即位列三公，不过是纳个女子，有何不可？”

长公主连连捽桌，气为之绝：“不是纳妾，他是要娶妻！娶妻！”

王术这才点点头：“哦，那的确要听听你母亲的意见。”

话音未落，见儿子面容微沉，又忙道：“不过这都是小事，主要还是自己拿主意。”

一句话倒戈，将长公主气得倒仰。

王术走后，长公主指着她嘴唇颤抖：“王玙，她只是一小户女，让她做妾我赞同，让她做妻，那是万万不可！”

“你使谢二夫人为赝母，是要指鹿为马，要天下人都耻笑我王家吗?!”

锦屏听了，内心煎熬，当即站起来要走，王玙却紧紧抓住她胳臂，神色淡定：“母亲忘了，连你司马朝廷都是我们王家立起来的。”

“这天下又有何事，是我王玙做不得的？”

见长公主目瞪口呆，他拉住她的手，离去之前，又回身笑道。

“指鹿为马？母亲倒出了个好主意呢。”

启程去建康之前，王玙连作了几个晚上的画，这回终于不是老鼠了，而是一只头顶硕角，身具斑纹的……雄鹿。

画完之后，便将画纸裱好，挂于床头晾干。

“这是作何？”

见锦屏疑问，王玙含笑道：“等到了建康，你就明白了。”

到了启程那天，他却不坐自己车马，而是硬拉着她，挤上了长公主的车驾，接着便将那头赳赳雄鹿图挂在车头。

“母亲，您瞧这是什么？”

长公主瞟了一眼，答曰鹿。

王玙笑道：“非也，这是马。”

长公主不知他葫芦里卖的是什么药，只默然不语。

车马咿呀，很快出了陈郡，一路上多有大族子弟见了王家车徽，上来行礼的，王玙动辄将人叫住，问他们车头是什么画。

那群子弟看后，个个油然吹捧：“王郎这鹿画得勇武赳赳，实乃神乎其技。”

“是也！王郎君书画双绝，吾等不能比也！”

王玙笑笑，指着那画道：“此非是鹿，乃是马。”

当中一人面露疑惑：“可这明明是……”

话未说完，便被身后人撞了一下，连忙改口：“原是我等看岔了！如此神骏，当然是马！”

王玙微微一哂。

众人见状，连声附和，称赞他的马画得惟妙惟肖。

这之后一路经过数个别馆，只要一有人拜会，王玙便会如此作为，而诸人即便心知是鹿，也会违心曰马，实在令人细思恐极。

竟不知这到底是司马家天下，还是王家天下。

长公主再不明白，就真成傻子了。

于是这一路到建康，将近大半个月的时间，她都紧闭唇吻，面无表情。

王玙见效果达到，便将画收起，只当一切都没发生过。

经历数月跋涉，王家一行终于来到建康。

刚入城门，却见前路拥塞，车马攘攘，一人头戴红缨帽，身披重甲，牵马于道中，扬声呼唤王玙：“龙骧将军慕容垂，特来迎王郎君！”

看对方所为，倒有冰释前嫌，主动请罪的意味。

王玙尚未答话，便听长公主冷哼一声：“慕容垂！他还有脸来？”

“此人害你落入胡羯陷阱，几乎殁于大火之中，玙儿，待会入了朝堂，你定要请圣上赐死他！”

王玙闻言，不置可否，又问锦屏：“鞷鞷，你怎么看？”

锦屏看了看长公主的脸色，又看看王玙期盼的眼神，终于还是说了自己想法。

“胡羯上下，不论老幼，皆知慕容垂善练军，实乃良将也。郎君若驭人得当，必能保朝廷稳固，一箭之仇，又怎比百年安枕？”

王玙怡然一笑，之后掀了车帘，下了马车，便径直与慕容垂并行去了。

锦屏见他走了，剩自己独对面沉如水的长公主，顿时坐立难安，仿佛屁股下面长了针。

长公主轻哼一声，看她的眼神，忽然便不若之前那么冷淡了。

“坐好，我还能吃了你不成？”

她连忙应声：“是，小君。”

见她低眉顺眼，长公主想说些什么，又忍了口气，转变了话风。

“你是个聪慧有度的，既玙儿爱重你，我也不好再棒打鸳鸯，回头你找谢二夫人，让她着手给你准备嫁妆吧。”

锦屏乍惊之下，还以为自己听岔了。

“小，小君，您的意思是？”

对方并没有正面回应她的问题，而是肃容提醒：“若要做我王家妇，不仅要为夫主分忧，还要开枝散叶，多多绵延，你可晓得？”

开，开枝散叶？

她目瞪口呆：“这，这主要还是看王郎……”

“哼，他在陈郡时还督促我，说若不早完婚，恐怕我明年膝下尤空虚呢。”

长公主说着，恨得直咬牙：“也罢，这么多年他唯认了你，也只能如此了，总之，你听懂我意思，往后要快马加鞭，多多益善，明白否？”

闻言，锦屏顿感压力山般大，也唯有诺诺称是。

长公主所料不错，王玙此去宫中，不光带来御封锦屏为乡君的敕令，还带来了一道赐婚的圣旨。

此圣旨一下，大小世家为之动荡！

乡野皆言，从未听说谢二夫人有女儿，直到谢家人站出来作证，言明家中幺女身子骨弱，一直托庇于佛堂，直至及笄了才带回建康，与王家三郎也是青梅竹马，感情甚笃。

有关王谢通婚的流言四起，没过多久，又因新帝选秀的风波而隐没，渐渐无人提起了。

距婚期愈近，继谢二夫人送来嫁妆后，不知从何处又送来了一台妆奁。

上下二层，皆是最时兴的华胜宝钗，打开最下层的妆柜，里面却是一件鲜红光艳的嫁衣，从襟连袖，绣满了百子千孙。

锦屏捧着那奢华的嫁衣，只觉舌头打结，根本说不出话来。

“哟，今日不做水鼠了？”见她神色惶恐，王玙从旁提示，“此皆是长公主的添妆。”

此时此刻，锦屏心情微妙复杂，难以用言语表述，收好嫁衣，便被王玙带去长公主面前，恭恭敬敬地行拜礼：“谢小君。”

话刚出口，便被他撞了一下，连忙又改口：“谢长公主。”

王玙闻言“嘶”了一声，两指掐住那腰间嫩肉，她被掐得嘴唇一哆嗦：“谢、谢母亲。”

这回，总算是对了。

长公主自是含笑默认。

许是因王玙多次当面问政，她对锦屏渐渐改观，此嫁衣便是对新媳进一步认可的体现。

回到自己的小耳房，锦屏扶着腰委屈：“你掐我做什么？”

王玙见她眼含泪光，连忙伸手揉那痛处：“郎君给你揉一揉。”

只是揉着揉着，大手便渐渐换了地方。

窗外月光似海，螽声细细，风打着转儿旋起细浪，两人鼻尖碰着鼻尖摩挲，像两只从未亲近过，却再也不能相离的鸟儿。

眼前人衣襟微敞，两痕远山似的锁骨，令她沉没其中，流连不已。

“郎君让我多看几眼。”

“为何？”

“须知今日见到，明日未必还能见到。”

“说什么傻话。”对方不以为然地嗤了声，起身吹灭了灯，一头滑凉的墨发缠绕着她，丝丝缕缕，如同百结不散的柔情。

“郎君让你日日见到。”

灯暗了，月光却穿门过户，似水流泄，有一丝半线漏到床畔，如华，更如练。

春风酿醉了山河，这轮月，终是落在了她怀中。

（上卷完）

后记：

谢馨，司徒王玙之妻。生于滁州，长于陈郡，尝刀笔时事，笔锋犀利，亦多见诙谐之语。后彧王中兴，谢馨设女塾，育婴堂，坊间多褒奖洋溢，乃大邺第一女史也。

——《邺书·谢馨传》

下卷

深院无穷碧

壹

江愁予苦等三年，却等来了一封休书。

口信递到的时候，她还在给卧病在床的婆婆擦身，三月正值倒春寒，她却累得汗流浃背，手抖得几乎接不住侍从递来的薄薄绢书。

“夫主在哪里？”

“郎君已至前厅。”

她叹口气，将手里湿漉漉的毛巾放下，捋一捋两鬓乱发。

“好，我同你去。”

瞿氏乃上京望族，胡羯南下，大批北方士族逃难至滁州，一路上被流匪劫了一轮又一轮，早已榨不出一点油水。

若说主家财力丰厚，落户滁州还能勉强保住体面，那么几个旁支就不免凋零的凋零，破落的破落。

若不是这个原因，出身微贱的愁予也不会嫁给瞿家嫡子，瞿晃。

为迎合时下审美，男子大多剃面傅粉，腰身约素，以取行走时大袖飘飘的清逸之感，而瞿晃天生秀出，姿容昳美，出口则锦绣华章，坐卧则丝竹不离。

在上京时，便有“云山鹤”之美称。

如此美名一秀鹤，却坠入商户女子之手，只比庶人好不了多少，心有不甘也寻常。

至今都记得，当时他立于破败的宅院中央，便如珠玉在瓦砾之间。

如今三年过去了，更大的变化也不过是那件半旧大袖不见了，换成一挂雍容华贵的白鹤雪氅。

人还是那个人，清癯俊秀，雅致出尘。

看来，这三年他于北方钻营，可谓大有所获。

此刻，愁予手持休书，穿过曲折石廊，水影花梢，前方便是她那从未亲近过的夫主。

对方站在石阶上，一双眼往她满是裂口冻疮的手面上一扫，神色不虞。

“我的意思，你可知了？”

“我知，只是还有一事不明。”

“何事不明？”

“你我虽未圆房，但也算正经夫妻，夫主休我，可有理由？”

瞿晃不耐烦道：“休便是休，要什么理由？”

愁予双手一曲，恭恭敬敬将一双生满了冻疮的手摊在他眼下：“夫主，你瞿府穷得买不起丫鬟仆妇，还要主母亲自下堂料理家务，我来了三年，未有一日清闲。”

“因此，夫主绝不可以懒惰休我。”

“其二，郎君久久未归，婆母思念成疾，卧病已有三载，每日皆是我擦洗翻身，照顾饭食。因此，夫主绝不可以不顺高堂休我。

“其三，郎君成婚当日即远赴邺北，此去经年，我仍是在室之身，因此，夫主绝不可以淫妒、无子休我。”

许是听她提到了婆母，瞿晃面色略有和缓。这之后，他眼波微澜，仿佛在看一件毫无温度的死物：“江愁予，我竟不知你如此伶牙俐齿。”

她低垂着头：“我知自己门第太低，不堪与郎君相配，也无颜盘桓瞿家。可我未对不起你瞿家一日，你发了这休书，我便成了弃妇，往后再嫁恐有龃龉。”

“哦，原是怕影响再嫁。”瞿晃站在原地，有一瞬间出神。

此时天光暧昧，到了晌午时分，中庭只剩下让人耳鸣的簌簌风声穿廊而过，眼见对方拂落目光，仿佛拂落一粒尘埃。

“六爻，拿纸笔来。”

话，是对身后的长随说的。

六爻闻言，取来一套文墨，待瞿晃当面即兴挥洒，不一会儿，一份墨迹淋漓的陈情便跃然纸上。

之后，他朝她招手：“你来，在此处按下指印。”

“我不知这是何物，怎可随便按指？”

瞿晃冷笑一声：“笑话，我会诳你？”

愁予迎头反驳：“当年你母亲聘我时，也没说你日后会休我。”

他一怔，终是忍了口气。

六爻见主人沉默不语，便举起那张文绢，朗声念道：“瞿氏子晃，于观元一十五年聘江氏愁予，惜乎门第错落，有恩无爱，终成怨偶，今请相离。愿娘子相离之后，重梳蝉鬓，美扫蛾眉，巧呈窈窕之姿，选聘高官之主。解怨释结，更莫相憎，一别两宽，各生欢喜。”

念罢便笑：“夫人放心，郎主已改了和离书。”

愁予点头。

按下指印后，又朝他行了个女礼：“还请瞿郎君宽恕则个，我去屋里将嫁妆收拾出来，以备再嫁。”

“再嫁……你！”瞿晃闭了闭眼，看那神色，似嫌恶她浅薄，又不好拉下脸计较，“速去，速走！”

在那个人冷淡的目光里，愁予带上自己陪嫁的两名长工，屋前屋后收拾了半天，直到怨鸟西啼，薄暮透窗，统共收拾出了四个红皮大箱子，陆陆续续抬到了门口，走之前，还不忘朝瞿晃躬身行礼。

“郎君，多谢照拂。”

对方冷冷点头。

两名长工忿忿然：“女郎！左右已经和离，你又何必卑躬屈膝?!”

这两人作为愁予的陪嫁，白日要在自家的蕻饼店子里忙活，入夜还要回瞿家砍柴挑水，即便如此，也不免和她一样，落得个被人扫地出门的下场。

见他们怒形于色，恨不能冲上前理论，愁予心中愧疚：“苦了你们了。”

闻言，两人连连抱拳。

“我等本是庶人，辛苦是分内应当。可女郎身为主母，这日日辛苦我们是看在眼里的，他瞿晃发达了便休妻下堂，哪有这样的道理！”

另一人在旁边帮腔：“是啊女郎，我们不如一纸诉状递到本家，端看瞿家家主怎么说！”

愁予摆摆手，一言不发，只抬头望向院中那棵高大的酸枣树。

昨日梦里，她并未接下休书，而是风风火火一路闹到瞿氏主家，将瞿晃无由弃妇的丑事搅得满城皆知。

再然后，便被活活吊死在了这棵树上。

贰

傍晚，愁予带着长工和嫁妆箱子回到位于滁州城北的牛尾巷。

阿爷得了消息，早早便在巷口张望，见他面容愁苦，霜雪满头，枯朽的身子在风中不住打着寒战，她不由满心羞惭：“阿爷，女儿不孝，给您丢脸了。”

对此，老父也唯有一声太息。

两名长工帮她将箱子抬进出嫁前的闺房，只见房中布置如常，窗前一面明镜，微染尘埃。

愁予揽镜自照，却惊见脖子上一圈深深红痕！

是耶，非耶？

真耶，幻耶？

只是不知，这伤到底是她自己无意中挠的，还是那梦中吊在树下……

来不及多想，她到柜中翻出一个羊皮围脖，将将挡住伤处，便换了一身短衣去店里做活。

距巷口不远的一爿菽饼店子，便是父女二人的生计，此刻门口堆满了热气腾腾的滚烫菽豆，老父正弯腰在盆前翻搅，脊背躬曲，单薄如一把残弓。

“哀哀父母，生我劬劳。”

愁予鼻尖酸涩，忙到他身旁帮忙。

不知何时，云中落下酥雨，前方鸣声清越，缓缓行来一辆银顶垂帷马车。

这车装饰豪奢，精美异常，前后随扈众多，迤逦足有百米。

香风数里，丝竹靡靡。

路旁早已挤满了围观的庶人，她忙累了，便驻足门口休息，那车前忽然走下一名中年人，面白无须，声音尖利。

“请问女郎，瞿家往哪里走？”

“瞿氏主家居于城东，旁支居于城西。”

“多谢。”

那人道了谢，便一甩长袖，回去车列。

天有微雨，越发凄寒。

她呆呆地注目那远去的车列良久，直到冷雨打湿了衣襟，一连打了数个喷嚏，才急忙往回走。

身后，几名庶人议论纷纷，仿佛在惧怕着什么。

“那便是文昭县主车驾？公主出行也不过如此了！”

“不过是贵妃侄女，好大派头……”

“嘘！这也敢说，你们不要命了！”

入夜，见老父困得连连打盹，愁予便让他回家，他却摇头：“怪只怪你嫁妆微薄，才叫瞿家看你不起，我这店子多开一会儿，就多点钱帛……”

愁予不听他唠叨，强行让阿二送他回家，只带着一个伙计阿大继续看店。

夜渐渐深了。

她去灶上煮了一锅水引，正端在桌边吃着，便见对面长街踽踽行来一瘦长人影。

这人很奇怪，兜头包着一张脏兮兮的布巾，拖着条腿，高高低低地站着，也不说话，就直勾勾地盯着她碗里晃动的面汤看。

愁予一家开着这样的店子，穷困潦倒的人见得不少，见他盯着面汤不说话，便去灶上盛了稠稠的一大碗，端到对方鼻子底下：“拿去。只有一碗，吃完便走吧。”

那人不作声地盯着眼前的小女子，一双眸子直盯得她脊背发寒。

不过，他到底是接下了，连声谢也未说，便端着碗窸窸窣窣地吃起来。

愁予喝完面汤，正要招呼阿大关店，就见门口又来了人，还是不久前在街上见过的。

此人一身缁衣，站在廊下仿佛融入了黑暗，直直地打量她许久，忽地嘴唇翕动，声音尖细：“如此佳人，委实可惜。”

可惜，可惜什么？

见他行为怪异，阿大朝她使了个颜色，便主动上前招呼："客人，是否要买菽饼？"

见有人挡在中间，那人忽然抽出一把短匕，当胸便是一刺，只听一声惨叫，阿大应声而扑。

事发突然，愁予惊骇大叫："你，你是何人?!"

"送你走的人。"对方说着，自袖中掏出一卷白绫，"只怪你命不好，谁叫你活着，惹得小君不快呢。"

见他手执绫布越走越近，她脖子上的伤口再一次剧痛起来，只能捂着脖颈后退："别，别过来……"

她拼命将手头的汤勺、陶碗、筷子丢过去，却只换来对方漫不经心的嘲弄："放心，奴婢会给你留个全尸的……"

话音未落，身后忽然出现一道高大的黑影！

白光一闪，几乎只在同时，他脖颈处出现了一道蔓延的红线——

一刀枭首！

因为去势太急，那头颅甚至直接抛到了灶锅里！

目睹全程的江愁予，早已吓得跌坐在地！

此际，她眼睁睁地看着那头脸俱裹着破布的怪人收起阔刀，一对深幽眼睛隐在黑暗中，如某种冷血兽类冰冷的双瞳。

"一饭之恩，我已还了。"

深夜寂寂，长刀滴血。

那人正收刀入鞘，忽然便闷哼一声，身形踉跄。

愁予颤声："义、义士，你如何了？"

见她欲上前，他厉喝一声："别过来！"

愁予不敢触他霉头，只远远缩在灶下，只见对方身形摇摆，步履踽踽，还没走上几步，便一头栽倒在泥水里！

“义士?!”她强忍恐惧，上前拨开了那张肮脏的面巾，将手伸到对方鼻下试探，却发现走息如游丝，显然奄奄一息，行将濒死了。

不远处，阿大早已凉透了。

万万没想到，不到一炷香的时间，她便要收上几个人的尸。

愁予一时有些恍惚了。

再看灶上……

她渐渐反应过来，咬着牙清理痕迹，最后用稻草掩盖了尸体。

做完这一切后，她定了定心神，吹熄灯火，将大门帘幕放下，仿佛一切都没有发生过。

叁

回到家中，阿二正在檐下编筐，见愁予肩扛一人气喘吁吁地进了门，他连忙放下活计上前帮忙：“女郎，这是何人？”

“我也不知！”

说话间，此人已被安置在庭前的空地上，借着四周灯火，恍惚能看出是个年轻男人。

阿二从井边挑了桶水，她取来剪刀，剪开对方身上那破烂的缠布，除下那腿上血渍斑驳的布料，看清那伤口的同时，却被恶臭熏到连连干哕。

阿二见状，连忙将那块烂布盖了回去。

“女郎，这是哪儿来的人？伤得这么重，定然是活不了了！”

愁予同样一无所知，只能摇头。

这之后，两人给地上的人做了简单擦洗。

这一擦，便如泥浆俱下，现出下面金身，大片苍白肌肤渐渐披露，只见那骨相俊美，眉是眉，眼是眼，眉长鲜翠，睫浓似羽，在睑下投下一道淡淡阴影。

瞿晃已是少有的昳美，单论容貌，此人还在其上！

她只扫了一眼，便移开目光，不敢再看。

翌日醒来，天光早已大亮。

见大门轩敞，愁予心下一紧：“我阿爷呢？”

阿二正站在井轱辘旁提水，闻言回道：“主人已去了店里。”

她急忙出门，穿过牛尾巷，老远便见老父店里卖饼，鼻尖冻得通红，见她来了，忙端了碗水引过来。

愁予一看那灶里翻滚着的雪白水引，喉头顿时一阵涌动，只摆了摆手便走进店里。

幸而阿爷老眼昏花，没发现稻草深处的尸体，算是不幸中的大幸。

盯着那稻草稀疏处露出的一角玄色布料，她忽然便想起了昨日那香风数里的车驾，再回忆起那队离去的方向，赫然便是城西瞿家。

思前想后，一颗心猛然坠入谷底。

“女儿！女儿！”

听老父在外连唤数声，她猛地惊醒，连忙返身出去，却见门口停着一高大马车，御者面白微胖，正是六爻。

对方见了她，立时满面堆笑：“夫人。”

愁予不为所动：“哪里有夫人？”

阿爷在一旁，看两人说话打机锋，愁得连连抚掌。

对方见她冷淡，反倒愈加客气起来：“夫人莫怪，郎主知你生计艰难，特遣我送些钱物来。”说罢，他转身到车上，搬来一个小筐。

那小筐用红布盖着，掀开来看，却是满满一筐铸钱！

观他神情作为，不似作伪，愁予疑惑了——昨夜那小君派人来杀，翌日瞿晃却来送钱，难不成，他对此事并不知情?!

此刻，她心中掀起惊涛骇浪，面上却一片麻木：“贵府上，早已迎来新的主母了吧？”

“女郎怎知……”见眼前的女子神色讥诮，六爻情知失言，不禁讪笑，“郎主虽已有了新妻，但并未将您全抛脑后。”

闻言，她冷笑道：“是吗？要知晓他的心意，倒也不难，只需你帮我带个东西回去。”

“听凭夫人吩咐。”

见对方态度恭谨，愁予将他带到角落，一脚踢散面前堆垛的稻草——

只在瞬间，一颗头颅应声滚出！

见六爻盯着头颅，口中“嗬嗬”连声，竟连话都说不出了，她从身后按住他肩膀，许是撕破了脸皮，心中竟有种奇异的平静。

“这颗头，我要你一同带去瞿家。”

六爻离开以后，愁予去街上买了口薄棺。

阿二亲手埋葬了自己的嫡亲兄弟，止不住眼泪长流：“女郎，这事难不成就这么算了？”

她麻木道：“自然不会算了，毕竟你和我，还有阿爷都还活着。”

阿二闻言，神色惊惶：“若不然，我们逃吧？”

她摇摇头：“逃又能逃去哪里？阿爷年纪大了，近些日子说话、走路皆不灵便，如今四处都在打仗，出城是不可能的。”

事实上，因六爻暧昧的态度，她心中仍企盼着瞿晃施救，期盼他温柔的一丝可能。

此刻，也唯有等对方表态了，这一等，便等到了落日西垂。

一缕夕阳坠落，在半开的窗棂外浮沉无定，中庭无一丝风声，清寂如死。

愁予在风里坐了许久，直到太阳即将落山，远处缓缓驶来一辆熟悉的马车，顿如绝处逢生，心生喜悦。

下一刻，车驾上御者掀了面巾，却依然是六爻。

见她面露失望，六爻劝道：“郎主来不了，自然有他的苦衷。”

“是吗。”沉默许久，她低声问，“那头颅，他看到了？”

那宦人是县主心腹，想必瞿晃是识得的。

六爻点头：“看到了。不过郎主说了，小君向来大度，又怎会做出此事？定是下面的人自作主张，以后绝不会了。”

愁予知道，他口中的“小君”，便是新夫人文昭县主，顿时心如死灰。

见她神情惨淡，六爻连忙补充：“不过郎主还说了，他刚在瞿氏本家请了宅子，可赠予您居住，也会时不时地去看望您……”

瞿晃的意思并不难懂，他是要愁予在本家避祸，县主投鼠忌器，便不敢明目张胆地杀人。

这恐怕已是他能做的极限了。

愁予心下讽刺，忍不住嘲道：“他这是要将我养在外室？”

“夫人……”

“也是叫我颠倒人伦，由妻变妾，是吗？”

对她隐含泪意的怒斥，六爻深深叹气：“夫人勿怪。须知，郎主亦是身不由己。”

肆

事实上，真正身不由己的人绝不是瞿晃。

翌日，在六爻的帮助下，愁予带着阿爷、阿二、和那不知名的男子搬进了瞿晃的外宅。

此后数个长夜，她心中屈辱不胜，几乎是夜夜睁眼，以泪洗面到天明。而阿爷自从知晓店里死了人，竟吓得不敢再去，整日神思惊惶，渐至卧病在床，昏睡不醒。

状态越来越差的，还有那陌生男人。

那日，愁予丢掉他的血衣，只见当中掉出一个碧绿玉珏，上书一个“垂”字。

那玉温润碧透，雕工精美，一瞧便是贵物，此人必有来头。

她翻看过他腿上伤口，不仅深可见骨，且四周都已溃烂，换做旁人恐怕早已死了百次，他却依然吊着一口气。只是那伤口再烂下去，这腿就要保不住了。

这人救了她一命，怎么也算恩人，左思右想下，愁予寻了些蜂糖放在阳光下，任蝇虫叮了数天，上面很快浮了一层白花花的蛆卵。

怕对方醒来挣扎，她先用绳索将其四肢牢牢捆住，之后取来一根筷子，将那蜜糖中的虫卵一粒粒挑到溃烂之处。

正挑得满头大汗，榻上人忽然一颤。

她抬头，只见昏暗天光下，两只碧泠泠的眼珠子正狠狠盯来，未料对方这么快就醒了，脑中一瞬空白。

只见他瞬也不瞬盯着她手上之物，声如厉枭，嘶哑至极："这是何物？"

愁予沉默许久，忍不住小声道："是蛆。"

男子闻言，双目瞠大："你，你竟敢如此辱我！"

愁予本想解释一二，却在下一刻对上了那冰冷眼神，瞬间兴致索然："我辱你了，又如何？"说罢，不顾对方可怖的脸色，她用棉布层层裹住那条肿胀的伤腿，唇角勾起，一脸无谓，"你要如那宦人一般，也将我一刀枭首？"

牙床罗帐中，男子面容如雪，乌发碧眼，脸畔沾了点点鲜红血渍，越发衬得肤色透白，瞳色殊异。

近距离观摩如此美色，颇有些惊心动魄。

她渐渐不敢再看，只含糊道："那死法倒是痛快！我等着你，可别叫我等太久。"

说不得没多久，她便死在那文昭县主手里了！这么想着，愁予愈发心灰意冷。

眼见天色渐黑，也不管那男子作何想，提着斧子便去到院外的小河畔。

正埋头斫着树皮，只见不远处吹吹打打，乐声嘹亮，却是行来了一列蜿蜒奇长的迎亲队伍，走了许久都没走完。

再看那两旁头戴红花，身穿红袍的少年郎君，竟然足有数十人之多！

“听说今日城西发嫁的女郎足有百人，连未及笄的都配出去了！”

“唉，能嫁出去便算好的了！”

此刻道旁树下，挤挤挨挨站满了看热闹的庶人，有几个知道内情的，便也压低了声音絮絮议论。

“圣上年已古稀，怎会忽然又要选秀女入宫？莫非那西贵妃容光不再了？”

“嗬！怎么会！那可是我大郢第一美人！”

“不过我听人说，圣上南下，一路上不耐颠簸，情况早不妙了……”

然而他话没说完，便被旁边的妇人一掌拍在头上，灰溜溜地闭了嘴。

愁予在人群里听了一耳朵，见天色渐渐黑沉，便匆匆回了宅子。

今日收获颇丰，她将斫下的柳树皮细细洗净，放到锅里熬煮，直到一大锅水熬成浅浅一汪汁，才用小碗盛了，使阿二端到屋里去。

孰料不到一息，阿二便将那碗灰绿色汤水原样端了出来。

只见他脸色青白，唇皮哆嗦：“女郎，我，我能不送吗？”

“怎么？”

“他说敢过去就杀了我……”

数日后，深夜。

大门再次被笃笃拍响，隔着门缝，隐约能看一张严肃面孔，是瞿晃的长随六爻。

愁予没有随意开门："这么晚了，有何事？"

对方压低声音："夫人，你快逃吧！"

"什么？"

"圣上在各地选秀女入宫，郎主刚去邺北，县主便在名册上写了您，我只好趁夜来报信！"

闻言，她惊呆了："可我是嫁过人的！"

六爻连连摇头："那些宦人可不管这些！最多明日，他们定会来的！"

愁予明白了，文昭县主又出杀招了。县主打定了主意独占瞿晃，不能叫她死，却有一万种法子叫她生不如死。

恍惚间，她一颗心如在冰水中浮沉。冰冷之后是苍凉，苍凉之后便是刻骨的怨恨，正是这怨恨迸溅出一点火星，渐渐自颓败中生出了一点微不足道的勇气。

"六爻，你跟着瞿晃做事，定然通些文墨吧？"

他点点头："那是自然！"

愁予站在原地，思前想后，终是下了门闩，将人迎进来说话。

"我有法子脱身，只不过还需你帮忙！"

送走六爻后，愁予去厨房做了碗肉羹，热腾腾地端进了房里。

甫一进屋，两道碧乌目光随即盯来，她假装没看见，站在榻前柔声道："饿了吗？"

对方不知她葫芦里卖的什么药，唇线紧抿，当着面，她自己勺了两口吃了，这才将碗端到他面前："放心，没有毒的。"

男子凝目半晌，终于张唇吃了一口肉羹，她用汤匙轻轻搅动汤水，顿时芬芳扑鼻，肉香四溢。

“还想吃吗？”

“想吃，就把这个按了。”

见他目露不屑，愁予拿出一张写满了墨字的文书，怕他看不清楚，还将那纸凑到近前：“放心吧，不是什么卖身契，不过是婚契而已。”

对方眼皮怠合，轻蔑一笑：“你休想。”

愁予不置可否，只将肉羹放在榻边，之后便坐到妆奁旁细细梳妆。

花钿、螺黛、描红、口脂，每一步都一丝不苟、无比细致地进行。严妆既罢，揽镜自照，镜中人长眉连娟，双目朦胧，一头乌发如浓墨堆肩，说不出的清媚妩艳。

当年瞿晃瞧不上她，差点当庭撕毁庚书，却在相了一面后改了主意，将人主动迎进了门。

可见，一张好皮囊确然有用。

身后，那男子正凝眉看她。

愁予不再多言，而是轻解衣衫，一件件地，慢条斯理地换上绢纱般的亵衣，绣着鸳鸯的红色罗裙，华美光艳的百子披帛。时隔三年，她再次穿上了那件嫁衣。

见眼前的美人一身鲜艳，对方哑声嘲弄：“夫人，若只求春宵一度，又何必捆着我？”

因为颇有姿色，愁予未出阁时，也曾被不少士族郎君狂热求娶，可此人淡淡睨她，眼中并无欲色。

愁予尽心打扮却毫无收获，大感挫败：“不行，不能放了你。我现在需要一个男人，是以不嫌你一身重伤，你也莫嫌我门第低下。”

“呵，倒是不挑。”

对方躺在榻上，面容清贵苍白，如琢如磨，透着一股堪比皇权富贵人士的慵懒，又有种桀骜不驯的意味。

“若我伤重不治，明日就死了呢？”

“放心，我不做弃妇，也不做寡妇。”她轻抚对方伤腿，轻声道，“这腿若继续烂下去，我便锯了它，宁叫你做瘸子，也不会让你死了。”

“你……”

忽地，门口传来“砰砰”拍打声，却是阿二在焦急喊门：“女郎！门外来了不少宦人，说要接你进宫！”

“你先拖着！”

说罢，愁予扯了头上金冠，脱了外衫便爬去榻上，抓住对方食指一咬，一个血淋淋的指印便摁在了婚书上！

“你！大胆！”

对方猝不及防被她得手，怒目而向，眉眼间晕着一股红意，俊得不像人了。

下一刻，那柔软的小手已抚到他鬓发上，指尖扯住玉冠，轻轻一拽，长长的乌发披泄。

“劳烦了，借你身子一用。”

之前愁予匆匆为这人擦身，倒没注意他脱衣时的模样，原来腰瘦腿长，肌肉坚硬，趴上去像一块滚烫的石头。

正犹豫如何下手，只见对方挑眉一笑，只闻身下裂帛数声，令人齿寒。

“下次再绑人，夫人记得绑牢些！”

她顿感双腿一阵风凉，大骇之下，已被反客为主。

窗外人影晃动，下一刻，房门便被人从外面踹开。

见榻上男女纠缠得难舍难分，几名宫装打扮的人面面相觑，连忙退出门外，张口便骂。

“怎么回事？这女子已许了人，却为何登记在册？”

“小人也不知……”

“滚蛋！红丹炼的是处子血，出了差池，你我都要人头落地！”

此时，男人动作停下，似在仔细聆听。愁予迅速推开他，下床披衣，又狠掐自己几把，逼出涟涟泪水。

“你们是什么人！怎的夜闯我家？”

许是她色厉内荏的样子令人发笑，当先那几名宦人打量眼前的女子两眼，不约而同嘴角轻扬。

“瞧这一身玉肤，杏脸搓酥，如此勾人的小妇人，不进宫伴驾真是可惜了。”

愁予连忙跪下磕头：“小女子与夫主结契已久，不过蒲柳之身，又怎敢进宫污圣上的眼？”

见那宦人沉吟，另一人冷道：“你的婚契呢？”

“若无婚契，是真是假……拉去宫门一验便知。”

闻言，她随即折回房里取文书，却见榻上人坐着，一双眼似笑非笑地望来，她也只当没看到。

这之后，宦人们将墨纸拿在手上，映着宫灯细细甄别。

“丁垂？”

愁予跪在地上，眉眼低垂：“是，我夫主从北方逃难而来，名唤丁垂。”

丁，不是滁州本地姓氏，一时半会儿定然追查不到。

为了佐证，她从腰间解下那枚玉珏，递到那为首的宦官手上，对方摩挲玉珏，双眉紧蹙，似欲言又止。

见他犹豫，愁予连连磕头：“大人如不弃，小女子愿自赎自身，只求与夫主长相厮守！”

幸而，瞿晃送来的那箧铸钱还在床底。

她将钱抱到门外，众人见了目光闪烁，显然颇为意动：“不知谁录的册，许是讹误也不一定。”

“左右多她一个不多，少她一个不少……”

“是也，是也！”

几名宦人合计半晌，再回头看她时，眼光已然和善许多。

“既是讹误，那我等便删了女郎名姓，只当从没来过。”

愁予闻言，心头一松，几乎喜极而泣。

只见众人抱着钱箧即将离开，她忽然想起了那枚玉，小声问道：“大人，我的玉珏……”

“嗯？”

一开口，她就后悔了，只能细声补救：“那，那是我夫主下的聘礼。”

为首的宦官嘴角一撇，掏出玉珏注目良久，却没有还回去的意思：“这东西，总感觉在哪里见过……”

旁人闻言嘲道：“此处穷乡僻壤，能有什么大人物？”

“说的也是。”那人点点头，依旧将玉收回怀里，临行前却回过身，朝她投来富含深意的一瞥，“小娘子福大命大。”

伍

回到房中，愁予揽镜自照，只见镜中人香汗淋漓，满面泪水，唇上胭脂都已被吃尽，心下顿时蔓延开无尽的羞辱。

身后传来一阵哑音："夫人将我用完就丢，是否有些过于绝情了？"

"你待如何？"她坐在铜镜前，用清水将残妆渐渐洗净，自嘲一笑，"呵，他欺我，你也欺我！"

"他是谁？"

"你不需要知道。"愁予回过身，用一双桃子般红肿的双目恶狠狠地盯着他，"你只需安安分分待在这个院子里，做我江愁予的男人。你瘸了，我养你吃喝，你死了，我为你收尸！"

对方嗤了一声："若我不愿呢？"

"无须你愿，左右那条腿已经烂到根了，你尽管走，我不拦你。"

眼见对方面无表情地拂落目光，仿佛拂落一粒尘埃，她的心却毫无波动。

毕竟这般将她视作尘芥的人，他也不是第一个。

一场风波，就此平息。愁予知道，这平静也是暂时的。

也许她该离开滁州，带着阿爷躲去其他地方，但普天之下，莫非王土，他们几个老弱妇孺，又能逃到哪里去?

数日后，她带着斧头，依旧去河边斫树皮。

晨光耗了泰半，迎面忽然走来一男子。此人身材魁伟，头裹面巾，只露出一双黑幽幽的眼睛，气质与某人颇为类似。

“这位女郎，可曾于附近见过一位身材高大，腰配弯刀的男子？”

“未曾见过。”愁予一口回绝了，便继续斫她的树皮。

没过多久，河边又来了一人，同样的打扮，同样的说辞。

她冷冷回道：“刚才已有人问过了，没有！”

然而那人走出几步，却又回头，从袖中掏出一枚令人眼熟的玉佩：“女郎可有见过持有此物的人？此物便是在这附近发现，是我主人贴身之物。”

愁予一言不发，拎着锄头便往家赶，那两人对视一眼，便远远地跟在了她身后。

也罢。

她背起柳树筐，叹了口气：“你们跟我来吧。”

回到瞿宅，两名男子进了那间屋子，便“扑通”一声跪下了。

愁予替他们掩上门，便去厨房做活。

阿二今晨刚捞了一网籽鱼，活鲜活跳地养在大缸里，她趁鲜捞了些起来，洗净肚肠，裹上面糠丢去锅里炸。刚炸好一盆，便见前方阴影一闪，却是那跟回家的男子，双手藏于后背，正直勾勾地盯着她看。

“吓我一跳！”愁予拍拍心口，将那盆小鱼端给他，“拿去给你主人吃吧，你们也一起吃。”

见对方直愣愣地盯着那盆鱼，她捏起一条凑到近前：“你闻闻，鲜不鲜？”

“鲜。”犹豫片刻之后，此人默默地端走了鱼，面色颇为奇怪。

愁予没多想，又炸了一盆鱼送给卧病在床的阿爷，却不知院子的另一头，有人正对着那盆酥炸小鱼大发雷霆。

“杀砚，那女子已解决了？”

“没。”

“所以，我叫你杀人，你给我端盆鱼？”

“不、不是，是那女郎刚炸了一锅小鱼干，叫我端来给您吃的。”

另一人见状，小心翼翼地问道：“要不您先吃鱼？”

“是啊，炸小鱼趁热吃，眉毛都鲜掉了！！”

“闭嘴！”

顿时，房中一片死寂。

一人战战兢兢地问：“郎主，那、那女郎还杀吗？？”

原先冰冷的眼神，落在那热气腾腾的小鱼上，似乎也沾上了点温度。

许久，方听那粗哑声音冷冷道：“那就过几天再杀。”

翌日，两名男子带回一个老叟，看穿着打扮，似乎是位扁鹊。

愁予端着碗熬好的柳树汁站在门口，正犹豫要不要进去，一人眼疾手快地过来，劈手夺走她手中的碗，嗅了气味，面色一变。

“你日日给郎主喝的，就是这种东西？”

“是。”端着药的女子面无表情，“树皮煮水，每日一碗，他来了多久，便喝了多久。”

“你！”

男子手按剑上，正要发难，便听里面传来一老叟声音：“门外何人？”

见她默然不语，他将人一搡，便狠狠搡进了屋子里！

屋内，那人乌发垂地，躺于榻上，灯火耀得她眼前晃动，瞧见他一双碧眼，心下顿时一颤。

老叟一层层揭开那腿上绢布，口里啧啧称奇："蛆虫清创，以化腐肉，此法古已有之。老朽一向以为传言骇人听闻，不意今日竟见到了！"说着，他将那伤处不停扭动的胖大蛆虫挑了，一一丢进了身旁的铜盆。

众人低头看着盆，几乎是面如土色。

见愁予默默站在墙角，老叟瞧她一眼，神情和蔼："这位女郎，可知医者是哪位大城扁鹊？"

她低着头，忍不住面上发烧："不是旁人，正是小女子。"

对方闻言，眉头一挑："你这小女郎胆子倒大，不是你的功劳也敢冒领？"

"不过误打误撞罢了，谈不上功劳。"

话音未落，一屋子的人都哄笑起来。

只除了那榻上的人。

愁予侧过身子，辛苦避让着对方犀利的凝视，却见老叟上前端走了树皮水，蘸了点在嘴里，神情惊异："这是……"

"无甚寻常，不过是柳树皮熬的水。"

话音未落，那侍从顿时七情上脸："你这毒妇！竟敢这般对待郎主！"

还待再说，却被他们的主人厉声喝止："杀砚，住口！"

名叫杀砚的男子闭了嘴，却仍恶狠狠地盯着她，老叟见状，连忙伸手调停："哎，此法对症，女郎并无坏心。"又转头打量愁予："可你不过一小小女郎，是从何处知晓用蛆虫清创化痈，又用柳树皮祛风止痒的呢？"

见他态度和蔼，她便也据实以告："我外祖曾是良医，小时候见过几次。”

“原来如此。”老叟连连点头，转头便向那人叉手行礼：“郎君，你这条腿之所以没齐膝烂掉，全拜这女郎悉心照料，伤处已经开始愈合，只需静养月余便可。”

沉默。

长久的沉默。

良久，一道嘶哑声音打破了沉静：“杀墨，送扁鹊回去。”

“是。”

名叫杀墨的男子闻言，便取出一粒金珠，递到老叟面前：“此为诊金，请。”

那老叟见他如此大方，颇有些受宠若惊：“老朽虽然来了一趟，可伤都是女郎治的，委实不敢居功！”说罢，又对着榻上人扬声道：“这位郎君，若非这女郎及时为你清创，你即便断腿保命，亦可能死于血亏高热，她之所为，恩同再造，难以用金珠衡量啊！”

此去良久，余音绕梁。

满室寂静中，那双碧眼轻轻眨了眨：“杀砚，将那柳树汁端过来。”

杀砚闻言，连忙将那碗药汁凑到他唇边。

对方当着她面，一饮而尽，似有示好之意。

愁予不为所动，转身就走，没出门便被人喊住。

“你既是为了我好，为何不趁早说清？”

“我说了，你就会信？”

她离去后，榻上人颇有些下不来台，一个破陶碗狠狠丢出去，撞在门边碎成了齑粉。

陆

翌日，愁予正在锅边搅着水引，忽然走来一人，往面前“扑通”便是一跪。

这人唤作杀砚，昨日方破口大骂毒妇，今日却莫名其妙地跪在她面前，一个彪然大汉，委屈得双拳捏紧：“我不该辱骂女郎，故而诚心来向女郎赔罪。”

她拂去面前水雾，平平道：“这恐怕，是你那主人的授意吧？”

他抬头，似乎微有惊异：“是……啊，不是，这的确发自我本心。”

“算了吧。”愁予摇头，“你也不必谢我，我救你主人，只是不想做寡妇罢了。你们既然找来了，便早点走吧，我这小院养不起许多人。”

那大汉见她舀着水引，忙要起身帮忙，却见她端来一碗素汤：“拿去，这碗是给你主人的，不要拿错了。”

“是……是……”大汉两边眺了一眼，专看那堆得冒尖的汤碗，但最终是什么都没说，默默地端着碗离去了。

傍晚，一片透明暮霭遮住了月光，月色朦胧，将初夏的夜空衬得愈发高远。

愁予和阿二坐在庭下，拌着一碗椿酱喝水引，刚喝两口，便见那常闭的厢门忽然敞开，杀墨杀砚一边一个，搀着那人出来了。

只见对方换了一身绉纱长衣，看得出肩宽腿长，个子高挑，几乎胜她一头，两边鬓发垂在脸颊，竟独有一份刚柔并济的美感。

看他在桌边坐下，愁予和阿二对视一眼，很有默契地选择低头喝汤。

长风鸣廊，月移影动。

一时除了风声，院中只剩下喝汤的窸窣声。

一张修长手掌端起水引，微倾于唇边，碗不大，很快就喝得见底。汤没了，便如水落石出，渐渐露出了碗底的荷包蛋。

阿二眼尖，一眼望到那白生生的蛋，顿时委屈了：“女郎，家中仅剩两枚鸡子，你怎的自己不吃，却留给他吃？”

听了这话，那人白灿灿的鸡蛋端在手里，吃也不是，不吃也不是。

见对方垂下眼皮，掩着一双碧眸，她连忙道：“锅里不是还有一个蛋吗？你吃完了便端去给阿爷，休要多话！”

“唉！”

见阿二负气而走，愁予潦草喝完面汤，便开始收拾碗筷，那人仔细睇她神色，低声道：“你做事总是这样？”

“怎么？”

“若要对人好，自然要说得明明白白，否则被人曲解，岂不委屈？”

愁予闻言，将抹布一丢：“不过微末贱人之语，有谁愿听？身居高位之人，即便轻声细语，也会被人奉若纶音，卑贱如泥之人，即便于道中大声号哭，结果又能有什么改变？”

对方听了，微叹口气，沉默良久，又问道：“不过，你一个庶人女郎，如何惹到了皇室中人？”

他这一问，实实在在踩了她的痛处。

“告诉你，你会帮我杀了她吗？”

见眼前的女子笑容嘲讽，他正要回话，却见阿二匆匆走来，神色惊惶：“女郎，主人不知为何，怎么叫都叫不醒！”

“怎么会?!”愁予一惊，随即跟着他匆匆离去。

身后，杀砚杀墨两人俯下身，却是压低了嗓音：“郎主，这小娘子好烈性！”

“是啊，瞧着柔弱，委实呛人！”

闻言，那人眼波微澜，只是淡淡一哂。

阿爷自从在菽饼店子受了惊吓，身子便一日不如一日，现在甚至连汤水都喝不进了。

在主人的授意下，杀墨杀砚延来那名良医，经艾灸气海、百会两穴，人是醒了，却嘴歪眼斜，口流涎水。

见愁予神色忧愁，老叟叉手行礼：“令尊年龄已大，有此风痹之症本是寻常，女郎且放宽心。”

“此症，无法可治吗？”

“除非能去上京……”老叟说着，连忙改口，“或是圣上所御的建康、世家所踞的陈郡，往这两处寻宫廷御医、杏林圣手，或有一线希望。”

因胡羯南下，滁州往他城的方向遍布流匪，且随时都有被兵戎袭击的可能，如今城内早已戒严，只许进，不许出。

这希望听起来，竟是单薄而渺茫。

送走老叟后，愁予拿起阿爷手臂，轻轻贴在自己面颊上。难以置信这张曾经宽大温暖，能为她遮风挡雨的手掌，如今居然如此干瘪冰冷，仿佛一用力便会捏碎。

屋内一盏孤灯，烛影飘摇。

屋外却是狂风渐起，入夏第一场暴雨，即将席卷而来了。

几日后，天气晴好。

愁予推开轩窗，却见一个修长身影摈弃左右，正独自在院中缓行。

感觉到她的凝视，对方一顿。

她忙将窗牖合上。

再次坐到镜前细看，只觉脖颈酸痛，那梦中留下的勒痕颜色稍浅，但仍有一圈红痕触目惊心，如一道蜈蚣蜿蜒于肌肤上。

忽地，身后门开了，带起一阵冷风。

面前的菱花镜倒映出一身霜雪般的白衣，和披泄肩上的墨发，男子唇色极淡，肤色冷白，碧眼清湛，如一汪凝着秋水的平湖。

看起来不光不凶煞，甚至有些温柔。

“上京已陷于胡羯之手，圣上已携宫妃子女逃往建康，你若往南，一路上凶险万分。”

愁予合上妆奁，听他语气柔和，便也轻声道：“可我阿爷病得厉害，自然是要去大城延医的。”话音未落，一股酸楚已冲上鼻腔。

对方窥见了她眼里闪动的水波，微微愣住，紧接着长眉一蹙，低声道：“你流泪了。”

“不用你管。”

“呵，前几日还说我是你男人。”见她哑口无言，他蓦然笑道，“柔中带刚，绵里藏针，倒真是个好性子呢。”

愁予移开了眼，却仍能感觉到对方的打量。

之前他狠狠的目光，并不会带来这种遍体发烧的羞耻感，如今的目光却似乎蕴含了截然不同的含义，看得她浑身发毛，后背出了层冷汗。

此刻虽不说话，却感觉空气十分焦灼。

“你……”

他刚出声，她便忍不住站了起来。

“怎么？”

“没，没什么。”

愁予又默默坐了回去，只听对方娓娓道：“杀砚杀墨已打探了，要杀你的人是文昭县主，此女同时又是西贵妃最宠爱的侄女。”

“西贵妃颇得圣上爱宠，不过陛下日薄西山，红丸都吃上了，恐怕时日无多。你且等等，静待时机。”

听他的口风，竟要替她杀人？

她一时震惊，胸臆翻滚，两道热泪便扑簌而下：“你，你真愿意帮我？”

对方轻笑一声：“杀个人而已，这有何难。”

“不过，你到底是因何惹到了她？”

“我？我……”

愁予坐于原地，神情茫然。她曾为了瞿家那一点贤妇的名声，衣不解带地照顾了瞿晃的病母三年，却落得个一无所有，被扫地出门的下场。即便什么也没做，厄运依旧一个个接踵而至。思前想后，也唯有惨然一笑。

“也许我活着便叫她不快吧，人各有命，谁知道呢？”

“你的好命，还没有开始呢。”

闻他这么说，她感激抬眼，却猛然撞进对方深邃乌碧的双目，其中坐着一个女子小小的倒影，是那样地纤脆而柔弱。

“先前你说的话，都是真的吗？”

“什么话？”

那人越走越近，一双手轻轻按在她肩上，霎时间，面前模糊的铜镜中，两人脸儿相并，就如鸳鸯交颈。

“我瘸了，你养我吃喝，我死了，你为我收尸。”他说着，口唇微倾到那洁白的耳郭，吹气如兰似麝，“不会是全然骗我的吧？”

愁予一惊之下，跳起来转身就跑。

这一跑就跑到了院落尽头，此处蔷薇纷乱，满架繁花，她索性往棚下一坐，思绪紊乱。

之前事出紧急，她抓着人硬摁了婚书，如今他愿意，她却不愿意了。

再回想此人出手慷慨，随从伴身，说不得门第比瞿晃还高，即便一时高攀上了，往后也是被休下堂的命……这么想着，心下愈发后怕。

眼前再次浮现那张艳丽面孔，却是冷傲睥睨，仿佛只要她反悔，下一瞬就会如摘花一般，轻轻摘掉她脑袋。

愁予摸着脖颈，仿佛真听到了那一道折断的咔嚓声。

当下她正魂不守舍，面前忽然行来两人，定睛一看，却是杀墨和杀砚。他们一人肩挑双担，另一人手提高箱，当着她的面，杀砚将那红皮箱子置于臂上，轻轻掀开，却是满满一箱金珠！

愁予正被那反射的金光耀得睁不开眼，杀砚已退至一边，杀墨放下担子，揭开红布，两边是叠得整齐的一摞绫罗绸缎，用累累金丝绣着花鸟鱼雀，卷草纹与蝠纹。

她颇感茫然：“此为何意？”

“此乃聘也。”

“郎主说了，因出门在外，身上财帛有限，女郎若觉寒微，待回陈郡再尽力满足。”

说罢，两人叉手行礼。

“如此，女郎可仔细思量。”

·>—— 柒 ——<·

两人走后，愁予对着面前闪闪发光的聘礼好一阵出神。

当初瞿晃聘她，所费不过喜饼一担，金耳珰两只，银镯三对，唯有的几身新衫，还是她自掏了体己去店里做的。之后三年，便是粗衣陋衫，深居简出，整日与他的病母为伴。未料有一日，她这下堂妻还能如此得人青眼。

闲坐片刻，日移云动，厚重云雾盘踞在天空，夕阳在空隙间迸射一条条绛色霞彩，天渐渐暗下来了。

不知何时，身前多了一个人影。

对方是独自前来，衣袂缓缓拂开，打着一盏低垂的绛纱灯。

灯火照耀之下，愁予眼前一晃，瞧见他一双碧眼。

坐在风里久了，她早已浑身寒凉：“我只是一末等士族女郎，如何配得上你重金相聘？”

“我在家中也不过庶子而已，与你正相配。”

他往后走几步，轻轻一推，她身下的花架便渐渐摇曳起来。

“金子就算了，衣裳都是去成衣巷子现买的，你若不喜欢那款式颜色，自己拿去退了换了，都随你。”

“我……”

“怎么不高兴？莫非是礼聘太少？”

当着面前铺了满箱的金珠，任谁也发不出违心之言。

见她默然摇头，对方凑近了柔声道：“还是嫌我相貌鄙陋？”

说着，便低下头看她，一缕鬈发垂在额上，像画里走出来的仙人，又像西域深海中的鲛人，有一对清透如洗的眼眸。

这摄人心魄的艳色扑面而来，任她如何张口，也说不出一个丑字，只能讷讷：“不……不是，是你太凶了。你杀人如砍瓜切菜，我不喜欢。”

花架渐渐停了，对方一扬手，又晃悠悠地荡了起来。

“身在乱世，我为挣功名，不得已刀口舔血，可都是战场上见真章，从未伤过老弱无辜。”

顿了顿，他又道，“你若怕刀，我以后不再拿到你面前来，好不好？”

听他声音宛然低沉，有些嘶哑，她又轻咳一声：“还有，你声音也不好听。”

“只是被人下了毒，烧伤了喉咙，过阵子就好了。”

不得不说，对方这放下身段，温柔入骨的样子，实在令人迷惑，也令人心软。

鸡蛋里的骨头都挑完了，愁予无法可想，目光渐渐凝在了面前那箱金珠上。

“你先前说，家在陈郡？”

“是。”

“那我嫁去陈郡，你能让我带上阿爷吗？我不要你金珠，也不要你绸缎，只要你将我带去陈郡，允我照料阿爷。”她低下头，细声哽咽，“我便作你的妻。”

初夏夜长，蛩鸣轻细，散落草尖的萤火虫渐渐绝了踪影，等了许久，方听到那低低哑音响起：“你可知此事艰难？”

愁予移开脸，不敢看他眼睛。

“如今胡羯步步进犯，境内流寇众多，陈郡虽距滁州不远，短途已成天堑，我将你带走已是不易，更莫说你阿爷了。”说着，他缓缓摇头，“此事，你是要我用命去博。”

她轻轻点头：“既如此，你拿上金珠绸缎，就自行离去吧。”

对方松了手，花架随即寂寞地停了下来。

“你不与我同行？”

愁予无动于衷：“为人子女，怎可抛下父母不管？”

对方垂目沉吟：“既如此，你救我一命，可留下金珠。”

“不，你曾救过我，也算恩怨相抵了。”

说罢，她跳下花架，从怀中拿出薄薄一张红纸递过去：“这婚契，名字本就是乱写一通，也未交予官府报备，到底怎么处置，丢了或是撕毁，都随你。”之后便行了个女礼，默然离去。

她走以后，两人从不远处的树荫中走近，神色忐忑：“郎主，事不谐矣？”

那人手执红纸，面容柔和：“此事对别人不易，对我又有何难处？”

“只是不知，有朝一日，她会不会像对她阿爷那般，对我不离不弃……”

身畔，两人揣测着他神情，肃容以待，

不过须臾，这向来杀伐果断的主人已恢复了冷淡神情：“也罢，你二人自去陈郡传我口令，调一支亲兵来。”

“郎主？若调亲兵，您身边……”

“有何疑问？”

“没、没有。”

杀墨、杀砚不敢驳嘴，自领命去了。

这之后，对着纸上那密密麻麻的红字，男人眉头挑起，唇角的笑容渐渐加深。

艳极，也诡极。

“江愁予，他日你若敢负我……”

之后数日，见这群人开始打点行装，愁予便深居简出，不再走去对方面前。

这天夜里，睡得迷迷糊糊，隐约听笛声透窗而入，左右睡不着，她索性开了窗，再听那乐声便清晰了许多，似就在厢房外。

穿过影壁，几处碍眼的藤萝横于眼前，信手将它拨开，便见浅浅荷塘畔，一袭翩然轻薄的白袍，撒着些星点的木兰纹，如水流一泻至地，显得其人分外单薄清瘦。

略略一看，甚至有些病怏怏的。

愁予正要离开，见那形容凄美，不知为何就顿住了脚步。

“你伤了腿，要多休息才好得快。”

对方将唇边的手放下，手心不是什么笛，只是薄薄一片树叶：“腿上又酸又痒，我睡不着。”

“哦。”

她应了一声便要走，却听身后人扬声道：“你的条件，我答应了！”

他话音未落，她便转了身：“来，看看你伤处。”

“你这狠心的……”

不等她听清，对方轻咳了咳，顺势坐到了旁边一块大石上：“看吧。”

愁予揭开他裤腿，借着月光潦草看了看。

“长新肉了，难免会痒。”

事实上，看腿只是次要。以此为借口，两人再次坐在了一起，男子温柔地凝视她，一张面孔俊丽殊绝，直叫星光也失色了。

“除了将你阿爷带去陈郡，你还想要旁的什么？”

“旁的都不用。”

听她如此说，一张轻飘飘的红纸被递到了面前。

因外祖去得早，愁予识字不多，只能看出上面的“丁”字已被修改，改成了两个陌生的字。

“我名慕容垂，你需记得。”

闻言，她嗫嚅细声：“慕容……垂。”

慕容垂此人，严峻时不苟言笑，颇为可怕，可待他放柔了眉眼，又是另一种风情，另一种动人。

他任她靠着，忍不住轻声喟叹：“待将你送去陈郡，我将独自往建康，此去不知多少凶险……若我死了，你清明别上错坟。”

听他这么说，愁予连忙抓住他衣角，心神惶惶：“不，你别死，别叫我做寡妇！”

他闻言失笑：“可战场之上，刀光无眼，谁又说得准？”

她扬声反问，声音甚至有些尖利：“生逢乱世，谁不是朝不保夕？可你若连生死都撇开我，那还叫什么夫妻？”

慕容垂望了她许久，方轻轻动唇：“那么，你要如何参与我的生死呢？”

愁予一时语塞。

对上那清澈而热烈的碧眼，颇有些垂头丧气：“总之，我愿为你妻，却不愿为一个在深宅中等待的妇人。结发为夫妻，黄泉共为友。唯愿你记得，一切都要与我商量……”

慕容垂听到这便笑了，皓齿隐约，眸驻星光：“我答应了，必不会叫你做寡妇，只管放心。”

愁予有些沮丧，瞧他轻松的神色，似并没有把她的话放心上。

日子倏忽而过，忽然有一天，门口行来一队甲士。这队列形容整饬，车马喑哑，甚至没有惊动四邻，青天白日的，忽然便出现在了巷道里。

甲士们迅速涌入小院，很快便将前后三进院子搬空了。

慕容垂通知众人：“该出发了。”

愁予对滁州并无留恋，阿二却不愿离开，她干脆将菽饼店子交予他经营，带着昏睡中的阿爷上了马车。

当然了，也带上了她那四抬红皮箱子的嫁妆。

车马如流水，很快出了城门，马车外便是御着骏马的慕容垂，她微掀了帘子，忍不住透过缝隙偷偷地打量他。

不知何时，对方面上已覆了张可怕的兽脸面具，只露出一截线条优美的下巴。

气度沉渊，使人心折。

慕容垂所挈的这支队伍速度快，耐力强，甚至日夜不休，直至第三日到达一处驿站，甲士们方下马修整。

愁予将阿爷安顿好，便见慕容垂站在门外，兽脸面具闪着冷光。

“你既答应了嫁我，还将我关在门外？”

愁予想到他一把撕碎自己亵裤的凶残，忽感身下阵阵风凉，忍不住后退。这一退，直接把自己退进了房里。

见眼前的女子神色惶恐，他唇角轻勾：“放心，今夜我只睡你榻下。”

入夜以后，对方没有食言，果然在踏板上和衣而眠。

“你怕我？”

“没。”愁予忐忑良久，方细细道，“我只是更喜欢温柔的郎君。”

不一会儿，床沿外摸索来一只宽大的大手，轻轻勾住她手指：“莫怕，郎君的温柔只给你一人。”

她闻言，鼻尖一酸。

“无须郎君多么爱怜，只需将愁予当作一个人来对待，如此便可以了。”

“好。”

闻言，她壮着胆子抓紧了那温热的大手，小声道：“那个，我家里穷，只能陪嫁三床棉被。”

“有此足矣。”

深夜里，两人絮絮地说了许多。

在那嘶哑却轻柔的声音里，愁予渐渐睡着了。

捌

第二日醒来，床畔空空的，她手中却被塞了一物，触手温凉。

愁予拿着玉珏出了房间，却前后找不到人，再问随行的甲士，对方满嘴称夫人，口吻十分客气。

“夫人勿忧，郎主已往建康。”

闻言，她心中空荡荡的，说不出的失落。

车马喑哑，疾行如风。

甲士们再次开拔，一路经过数个荒村，时见路有饿殍，枯骨零落，深夜睡在车里，亦能听到不远处刀兵呼啸。

愁予忍不住掀开车帘，只见几名骑士远远地奔袭而去，数名甲士将马车团团包裹得密不透风，车列照常向前行驶。

见她盯得目不转睛，车旁伴驾的一名甲士解释道：“惊吓到夫人了，不过几个流寇，杀了也就杀了。”

她连忙点头，放下车帘，再不敢掀开。

又行半日，车队再次停下修整，埋锅造饭，她下车透气，却见甲士端着一盆不知什么东西，正要倾倒路边。

愁予瞧着新奇，忍不住上前观摩：“此乃何物？”

“天气渐热，煮熟的豆粟放不住，已生黏了。”

心下可惜，她忍不住道：“若用碱水清洗，尚可食用。”

那甲士听了，大感惊异：“夫人怎知？”

愁予面上有些发烧：“我家中就是做菽饼的。”

“另，若你们长途跋涉，可将豆粟用碱水浸泡，煮熟了晾成干粮，可保数月不腐。”

那甲士听了，连连拱手，谢她告知。

短暂的休憩后，车辆再次开拔。

然而愁予刚上车，便听身后鸣哨连连，一名鬼面甲士御马殿后，冷叱数声：“来者何人！”

接着，她听到了一道永难忘怀的怒喝：“光禄大夫瞿晃！”

天地苍凉，苍穹深远。

云中不知何时开始落雨，一道人影自远处疾驰而至，身形在雨幕中渐渐清晰。

见数名甲士长枪狙空，严阵以待，愁予连忙下车阻拦：“列位勇士，此人是我旧识，还请手下留情！”

听她喊话，甲士们鸣金收戈，任那御者匆匆行至面前。

即便在最困窘的时候，瞿晃也是体面的，高傲的，从未像今日这般，衣冠尽湿，形容狼狈：“江愁予，你要去哪里？”

“我……”她戴着面巾，张了张嘴，却不知如何回答。

长随打了油伞过来，却被他一手制止，就这么昂首站在大雨里，嘴里说着话，雨水沿着嘴角一路往下淌：“你可知我回到滁州，第一件事便是去瞿宅探你！”

愁予奇道：“为何要探我？你已有了新妻了。”

对方抹一把脸上的雨水，声线在雨声中破碎：“不，在我心中，你仍是我元妻！你再等几日，我必重新迎你！”

她闻言，顿觉荒唐：“休便是休，怎能出尔反尔？”

雨势愈发瓢泼，那线条优美的嘴唇在雨幕中不停地张翕：“我休你，也是为了护你！”

“她监视我的一切，从庙堂到内宅！如今圣上已崩，贵妃失势，县主已被我软禁，她再也不能逼迫我了！”

见她沉默，眼前人一步步走近，口吻悲凉：“我知你温和良孝，是不可多得的贤妇。”

“三年前，我去上京士族中奔走，全是为了生计，如今我已是光禄大夫，年俸百石，往后余生，你不必再住陋屋破宅，也不用亲自侍奉婆母……”

“若我不愿再做那个‘贤妇’呢？”

“什么？”

“我不愿再做你身后那个沉默的妻子了，瞿郎君。”愁予垂着目，低着眉，躲避着对方殷切的目光，“你什么都想要，高官厚禄，温顺良妻，世间哪有这么好的事？”

瞿晃闻言，不可置信地反问：“江愁予，你怎能说出这样无情的话？若不是心中有你，放不下你，我又怎会给你送钱送宅？”

见他咄咄逼人，她连忙躲入车中：“瞿郎君，请慎言。”

“愁予……”

“莫唤我闺名了，我已嫁予他人。”

片刻后，窗外传来一道难以置信地质问：“不过区区数月，你已琵琶别抱?!江愁予！你下车！下车见我一面！”

在对方陡然严厉的质问里，她匆匆吩咐甲士开拔。

车轮滚滚，溅起漫天泥浆，驶远了再回头看，那惨白的人影仍紧跟车后，呼声破碎。

“江愁予，你回头！”

伴驾的甲士频频回头，面露疑惑：“夫人，那位瞿郎君……”

愁予摇摇头：“他不过是难以面对妻子的强横，不得已怀念我的温厚罢了。速速前行，他不会跟多久的。”

“是。”

又行半日，雨声渐消，前方渐有人烟，已是抵达了陈郡境外，众甲士纷纷下马，改换形容，将原先的甲盔更成布衣，旌旗藏于箱底。

这原本黑沉沉的车列摇身一变，忽然成了一支商队。

回首再看，那人影早已不见了。

车轮咿呀，马车一路驶入城中深巷。

只见前方一座高门，门口两对一人多高的石狮子，廊前挂的红笼被夜风吹的摇晃，一只狸花大猫“喵呜”一声擦腿而过。

愁予下了车，便见四人迎在路中，其中两个还是她熟识的，杀墨和杀砚。

两名文士打扮的中年人安置了阿爷，行止十分礼遇，她自是感激涕零：“你们两个，必然就是杀笔、杀纸了吧？”

二人闻言，面容颇为惊异：“夫人怎知？”

愁予默了一会儿，笑道：“好名字，自然过耳不忘。”

另一头，杀墨和杀砚两人道：“夫人稍待，扁鹊已请到府上，晚些便来看诊。”

闻言，她心下感动，长揖不起：“多谢你们了。”

几人见状，连连拱手：“不敢当不敢当！我等不过是照郎主的吩咐行事罢了。”

这宅院古旧，除了给女主人新收拾出的一处干净厢房，到处都是一层浮灰，愁予在满是回声的长廊逛了一圈，心下怅然若失。

两名婢女轻声安慰：“老郎主与郎主大兄早带着仆人去了建康，留在陈郡的只剩一些老人，是以宅子失了人气。”

“是呀，待郎主回归，定会与夫人相聚的！”

听她们言之凿凿，她也唯有点头。

数日后，在几名良医施针下，阿爷渐渐清醒，甚至能自己扶着拐杖在院里慢慢走动。

见他身体日安，愁予心下松快许多。实际上，除了宅院里人烟稀少，日子有些寂寞之外，这里的生活要比滁州好上很多。无聊之余，甚至有心情招猫逗狗。

“小咪？”

闻她呼唤，那大猫受惊似的直往前蹿。

猫似主人，这狸花猫也和他的主人一样，有一副湛绿的眼，她忍不住追上去：“喵呜，你是他养的小宠吗？”

那猫沿着长廊往前跑，扫把似的长尾直直竖在空中，她一路分花拂柳，不知何时已到了另一处院落。

此处两扇低矮厢房，门户紧闭，透过虚掩的门缝，隐约能看到里面人影晃动。

猫不见了。

门缝里的人影走近了，却是一个披头散发，形容清瘦的年轻女人，那女人手持木梳，正对着墙壁一下一下地篦发。

愁予正欲上前，却忽然被人从后按住了肩膀，吓得差点大叫！

回身一看，却是之前见过的婢女，对方面带疑惑：“夫人，你怎的在此？”

她勉强笑道：“误入而已，马上走了。”

出了院子，那婢女拿出一把青铜大锁，立时将院门锁住，见她神色疑虑，对方笑道：“这里是琚夫人住所，她怕人，您平时还是不要过来了。”

回想那女子清瘦年轻的形容，她讶道：“琚夫人，她是……”

婢女回道：“夫人勿忧，不过是郎主的房中人罢了。”

愁予闻言，默然不语。

翌日，愁予正在廊下为阿爷缝补，便见杀墨杀砚两人相携而来。

“这两日，为何没见到杀笔、杀纸两位文士？”

两人踟蹰一会，方客气地回复：“他二人是幕僚，郎主既往建康，他们自然紧随其后。”

“嗯。”愁予应了声，便继续缝手下的针线，心思却已越飘越远。

正午，阿爷吃着茶饭，忽然叫着要喝酒。

她带了两名婢女上街，刚打了壶酒，便见当垆的两个大娘笑眯眯地下了店帘，店内随即走出一人。此人头戴方巾，两鬓染霜，却是一名仙风道骨的老者。

这老者豪饮一碗酒，便将陶碗丢还给主人，十分爽朗率性，堂下坐着的酒客轰然叫好。

“这是作何？”

愁予问那两名婢女，她们却掩口胡噜：“夫人竟没听过传奇？”

“陈郡每个酒馆都有这种说书人，只是些不得志的士子乱说人物罢了。”

正说着，那老者已然胡子一抖，惊木一拍，直接入了正题。

“话说圣上崩后，那西贵妃不甘垂帘，竟悍然夺嫡，若非王司徒与鬼将军一文一武，里应外合，辅佐少帝登基，我大邺必然再掀战火！”

他这一开口抑扬顿挫，堂下喝彩连连，很快便丢了满满一台的铸钱。

愁予长这么大，从未听过传奇与评书，执意要留下，那两名婢女见状，也只得提着酒壶等她。

“再说那鬼将军头角峥嵘，紫衣金带，真真是一位杀人无数，也一生富贵的大丈夫！自及冠来一战成名，入京请封，众臣跪拜，从此统塞上城九十，带甲八万，革车六千，官拜上将军！只是他出身神秘，老朽我也是多方打探，才捕了些风言风语啊！”

说罢，这老者叹了口气，眉头紧凝，显然是吊人胃口，堂下顿时嘘声四起。

“叟！再多讲讲鬼将军吧！”

“是也！据说将军天生神力，一双鬼眼，乃是胡姬之后……”

“好罢，好罢！只是此事离奇，需从他出生当日说起！”

那老者又豪饮一碗，声音变得低柔沉下：“再说那鬼将军，其母只是一低贱胡姬，一场酒宴之后，为家主孕了麟儿，因他双瞳异色，曾被其父兄丢到山后狼窝。幸而三天之后，祖母心生不忍，命甲士前往捡拾，怪乎狼母不食之，反跪乳之……”

老者讲着讲着，故事的走向变得诡奇了起来，堂下众人却不管，仍旧听得有滋有味。

愁予还想听他再讲些建康风云，却不意对方颠来倒去的，讲的尽是些狼母狼子的故事，不禁有些失望。

两名婢女见状，三催四请，终于将人拉走了。

众人刚到长街上，尽头忽然驶来一辆高大马车，左右车辕各站一名高大甲士。

愁予见那车来势汹汹，连忙避让路牙，不意那甲士忽然勒停了马匹，一手指来：“就是她！”

一惊之下，她已被那人挟住肩膀，飞快捉进车里！

两名婢女在车后追赶，惊叫声渐渐杳然，再看车内，一名男子手握书简，身披长衣，眼波微澜。

“江愁予，你不见我，我自有法子见你。”

见那熟悉的面孔上洋溢着自得，愁予瞬间心火直冒：“瞿晃！你怎如此无赖?!”

“你我虽为夫妻，三年时间却形同虚设。”眼前人将书简搁置一边，一扬袖子，神情是罕见的温和，“看来，你不了解我，我也不了解你。你不知我行事手段，我不知你性情坚忍，竟能借他人之势逃出滁州。”

她紧贴车壁，口吻防备：“这都是托你的福。”

闻言，瞿晃眼中的荫翳一闪而过，须臾又八风不动：“放心，你一日是我妻，便一世是我妻。”

“现在说这些，还有何意义？”

他眼神些许兴味：“你跟我回去了，自然知晓意义。”

说着忽然伸手，撩起她一边额发：“可惜，愁予如此颜色，我竟叫你守了三年的空闺……”

愁予被近了身，吓得连声大喊：“你若敢动手，我丈夫定会杀你！”

瞿晃唇角微扬：“我现今是光禄大夫，谁敢杀我？”

“旁人的确不敢。”她努力回忆那评书人的说辞，磕磕绊绊道，“可、可我嫁的人位高权重，紫衣金带，是一位杀人无数，也一生富贵的大将军！”

“呵，大将军？”瞿晃冷笑一声，不置可否。

愁予别无无法，唯有咬定了不松口：“他年少英俊，自及冠来一战成名，王公敬畏，众臣跪拜，是大邺最顶天立地的大丈夫！”

对方闻言，嘲弄一笑：“你口中之人，朝中倒的确有一位，他行事凶煞，杀人如麻，民间辄呼为碧眼鬼，其名可止小儿夜啼。”

她连忙点头：“没错，我嫁的人，就是这位誉满中原的鬼将军！”

“是吗？”瞿晃闻言，笑容变得更深，“此人如今在建康，正与兄弟斗得你死我活，恐怕不久后便是一具死尸了。他死了，你无处可去，依然要回到我身边的。”

愁予只管信口胡诌，哪管建康死的是谁。

见她神色如常，瞿晃悠然笑道：“所以，你在说谎。”

“我没说谎！”

“有何凭证？”

笑话，天下的凭证那么多，他难道样样识得？想到这里，愁予一咬牙，伸手去腰间解下那枚碧绿的玉珏，缓缓递到对方面前。

对方先前还目露轻视，只粗粗扫了那块玉一眼，神色登时变了。

“下去。”

“什么？”

“我说下去！”

听他连声怒喝，愁予吓了一跳。

行驶中的马车渐渐减速，不待完全停稳，她便急忙跳车，落地时甚至崴了脚，再回首看，那车舆已如风驰电掣，扬尘而去。

玖

入夜，愁予一瘸一拐地蹩回老宅，却见杀墨杀砚二人于大门口匆匆套车，有些莫名：“夜已深了，你们不休息？”

杀墨见她，神情一惊：“我们去找郎主……”

话音未落，便被杀砚兜头拍了一巴掌。

她疾走上前：“他如何了？”

杀砚见状讪笑：“郎主在建康，刚被圣上擢拔，我等盘桓陈郡日久，合该早往他身边去。”

“哦，这是好事啊。”愁予说着，便一提腿，稳稳坐到车前，“既如此，也将我带去吧。”

杀墨连连摇头：“夫人不可！郎主在建康群狼环伺，自身难保，何谈分出精力照拂夫人?!”

见杀墨和盘托出，杀砚叹了口气：“之前郎主会逃到滁州，正是被嫡兄刺杀重伤，如今他被圣上赐了战勋职田，老家主却命他让与兄弟，否则便是不孝不悌，正是图穷匕见的时候！”

建康、嫡兄、你死我活……听他们这么说，愁予终于明白，瞿晃为何一看那玉珏就变了脸色。

她思忖半晌，缓缓道：“可万一他赢了呢？他若赢了，那便是家中独大，从此再无牵累，是不是？”

两人沉默。

“所以你们留在此地，是受了慕容垂的命令，他在建康官拜上将军，仆从一同加官进爵，而你们身在陈郡，却两手空空，一无所有……”

杀墨闻言，勃然变色：“夫人怎可如此说我们？”

见他情绪激动，杀砚连忙安抚：“你怎的没有一点城府？”又朝她抱怨：“夫人不必激将，若您执意跟来，回头郎君问责起来，我等是要褪层皮的！”

愁予淡笑一声：“此言差矣！你们带着我，尚可将责任推在我身上，可若是撇下了我，而我在陈郡出了差池……”

话音落下，两人面面相觑。

所幸，陈郡距建康不远。

此时的建康早已取代长安，成为天下著名的王城。但见街道通敞，纵横交错，城门贯直，足容九车并行，两侧布置官署寺庙，坊墙内深宅大院、豪奴成行，牡丹丛开，香风数里。

暮色已垂，御街上仍然行人如织，摩肩接踵。

愁予掀开车帘，眨也不眨地观望着长街景色，杀砚在前面低声道：“夫人，前方就是司徒府、并太庙太社，过了此处，前面便是郎主的府邸了。”

“嗯。”

能在此处有宅，可见慕容在建康已成著姓。

车轮笃笃，渐渐将一众府院抛在后面，不过一炷香时间，驾车的两人忽然勒停了马匹，

“怎么了？”

愁予下了马车，却见两人目视前方，面色大变。

只见远处高门轩敞，上陈白花，一行婢女披麻缟素，手捧执绋鱼贯而出，身后数名挽柩，挽歌阵阵，哀哭遍耳。

她蒙了：“这、这是谁的奠礼？”

杀砚杀墨互看一眼，默然不语，他们似乎同时保有一个秘密，是她所不知情的。

“你们不说也无妨，我自己看。”说罢，愁予不顾两人在身后狂呼，便疾步冲入了那高门里。

一路上婢女们受了惊吓，纷纷避让后退，内门走出两个熟悉的文士，却是杀笔杀纸两人，见新夫人直入厅堂，俱是面色一变。

“夫人怎来了？”

愁予愣愣地看向廊檐上方，只见两道长长的白色奠带垂落两旁，厅内摆着一张半人高的漆黑棺椁。

耳畔人声嘈杂，声音忽然大似惊雷，忽然又细若蚊蝇。

每个人都在说话，表情却模糊不清。

她默默望向那黑棺，见那人双手置于胸前，不冠不束，眼底绀青，嘴唇如枯萎的花瓣般苍白，再摸向那宽阔的胸膛，确然冰冷彻骨，毫无起伏。

无论何时，总是死去的人最解脱。

数月以来，她不是马不停蹄地赶路，就是照料昏聩的阿爷，如今这人却静静躺在这里，从此大梦不醒，只留她在世上苦苦煎熬。

此刻，再看向棺中的人，忽然便觉得有些羡慕，甚至想与他一同去了。

只是这棺椁却似一道小银汉，隔开了彼此。

众人眼睁睁看着这闯入的女子爬进了棺材，俱是惊骇瞠目，却无一个人上前阻拦，而她爬到棺底，枕在那毫无回应的人肩上，竟渐渐在浓郁的困意中闭上了眼睛。

睡着了，便能忘怀一切苦痛。

不知过去了多久。

睡意昏沉，昏昧之间，枕畔的人忽然睁开了眼睛，盯着身旁那熟睡的面孔，双唇轻动，一字一字，清晰得如清泉滴落岩上，铿锵穿石。

“你的心意，我已知了。”

一个冰冷的吻，轻柔地落在那红唇上。

令人不寒而栗。

愁予渐渐醒转，面前是浓郁缭绕的轻烟。

起身四看，壁上刻有百千座佛，面前一面深龛，里面密密麻麻摆满了灵牌。

不远处的矮榻上，一人懒懒倚着青竹熏笼，手里拿了一本《金刚经》，身侧一樽细长香炉，两只大袖清芬异常。

烟雾中，他面容俊美，眼尾修长，一副翩翩君子的模样。

她茫然：“我这是死了吗？”

对方放下了手中书简，一双眼看着她，蕴含着无限怜爱与期盼。

态度和从前相似，又似乎大不一样。

“来。”他伸手一带，她便身不由己地被牵走了。

穿过灵堂，是一道清寂无人的垂花门，里面一处花草掩映的厢房，十分玲珑可爱。

进门一台鸡翅木小桌，摆着几道精致小菜，对方斟了酒，她接过来，一口饮尽，忍不住啧啧称奇：“地下的交杯酒，喝起来也甜得很。”

“是吗。”

愁予注意到，对方的声音并不像在滁州时那么沙哑难听了，反而优美而清润，透着一股涌泉般的沁凉感，令人浑身酥麻。

然而，不等她仔细分辨这之间的区别，他已然趋近了身子：“给我也尝尝。”

交换中的酒水果然又醺又美，像一盏醇酒泼散了春风。

如此两三杯下去，愁予已醉得抬不起头，甚至看面前的人也有了几分重影。

慕容垂将她往怀里一拥，走前几步便是铺天盖地的红绸，绣花被面上铺着满满的红枣花生，一颗漆黑东西滚到两人脚边，却是颗鼓鼓的大桂圆。

掀扬的帐幔中，男人卸了头冠，长长漆发顿时披泄而下，眉毛往上挑，又乌又艳，眼角湿红，一双碧眼却清澈见底。

她伸手摸上那双眼，忍不住感慨道：“这怎能是鬼眼呢？”

“怎么？”

“分明是含情眼。”

话音未落，他俯身而下，大手抚上她的小脸，眸色深邃，声线却有着动人的低沉。

“从今往后，你就要唤我夫主了。”

死后的世界如此惑人，竟如坠入深湖一般，叫两人沉溺其中，再难醒来……

拾

已是夏日了，贴着睡热得很。

愁予睁了眼，却发现自己贴在一个胸膛上。

对方手里拿着件眼熟的小衫，正擦着她脖子里的汗，乌发披垂，眸翠眉长，神情是完全放松后的闲适。

“醒这么早。”

看到他，她这才彻底悟了！

“所以，你没死？”

对方眉一扬，很有几分傲岸：“怎么，你很希望我死？”

面前便是那朝思暮想的面孔，然而愁予看也不看，低头便狠狠咬在了对方白皙的手背上。

慕容垂哼也不哼，一手揽着她，直等她咬得筋疲力尽松了口，方用那受伤的手摸她的脸。

鲜血顺着手指流淌下来，落到那颤动的眼皮上，脸颊上。他却用指腹轻轻抹去，神态微微痴迷：“我没相错人，你心中有我，哪怕死了你也要我，是不是？”

愁予不为所动，口吻怨毒：“我恨你。你若干脆死了多好，可你根本就是骗我……”

对方闻言，急切地轻咬她耳朵，口里含混道：“我哪有骗你，分明是你来得太早，差点坏我筹谋！”

愁予将人一推，披衣下床。

身后追上来的慕容垂，捡起地上一只红绣鞋：“瞧你，鞋子都走丢了。”

她怔了怔，对方已放低了姿态，半跪在跟前，一手托起她只着袜的足，耐心为她穿鞋。

然而，面前的女子却不动心：“在民间，都是妇人伺候夫主，你是誉满天下的大将军，怎能如此伏低做小？”

“你是我妻，我乐意。”见她不吭声，他垂着眼睫，语气甚有些低声下气，“放心，我绝不叫你做寡妇。”

“若不是不得已，我也不会吃那河豚毒制的龟息丸，可若不是诈死，又怎么骗得过狼子野心的嫡兄？”

听了这话，愁予面上忽然湿了。

见她落泪，慕容垂莫名荒燥，两手将人扣紧压在怀里，一一吻走脸上的泪珠，直白而粗暴：“莫哭了。我听人说，妻子哭泣定是做丈夫的无用，一见你流泪，我就心烦得很。”

别人惧他如惧瘟神，她可不怕，当下撑了回去：“不是你无用，难道是我无用？”

对方一愣，竟服软了：“好，好，是我无用，是我错了！”

“错在哪里？”

“我们是夫妻，结发同枕席，黄泉共为友！从此以后，我再也不会抛下你了，仙境火海都与你同去！”

听他认错，愁予卸下心防，一下子泪如涌泉。

慕容垂被哭得手足无措：“你莫哭了，要不给你金，你去买几身新衣穿？”

“不要。”

“我去给你买点心吃？”

“不要！”

“要不，带你去见我家人？”

“好。”

愁予哭够了，便由自己的夫君牵着，一路穿过长廊。

此际圆月悬于树梢头，似乎刚下过雨，空气湿润而清凉，云销雨霁之后，枝头露出清凌凌峨眉月的轮廓。

两人来到前厅，只见里面人头济济，水泄不通。

再看厅堂中央，那棺椁依旧摆着，两旁围了十数个年轻妇人，披麻戴孝，恸声震天，甚至比慕容垂假死那日还要热闹。

不过他又没死，她们到底在哭谁？

那棺前还站着一名雪鬓霜鬟的老叟，同样是老泪纵横，慕容垂带着她走上前，笑容微妙："父亲死了唯一的嫡子，这可如何是好？"

老人神情麻木："他亦是你大兄。"

慕容垂依旧在笑："兄长敢去陛下面前冒领功劳，理应有今日之殃，再说他是死于胡羯之手，也算以身殉国，父亲该骄傲才是。"

见那老叟闭目长吁，满面浊泪，愁予悄悄拉他衣角。

"哦，差点忘了。"

慕容垂低头瞧她，神情怜爱："父亲，这是我妻愁予，她出身滁州江家，家中是做菽饼的，与我这寒门庶子正相配。"

他一字一句，并无夸大或自贬，那老叟听了，却气得面皮紫涨："我们慕容氏几代寒微，可你已是龙骧将军，怎能不娶四姓女？"

闻言，愁予紧张地看向慕容垂，却见他面上和煦，口吻却令人汗毛直立："父亲，今日高兴，你还是说些我爱听的话吧。"

老人连连摇头，胡子直抖："罢罢罢！你如今翅膀硬了，我已管不了你了！"说罢便怒气冲冲，拂袖而去。

慕容垂不以为忤，两手微微抬起，霎时间，厅内静可闻针。

他拉着她的手，虽轻声细语，却隐含威慑。

“以后，她便是这里唯一的女主人。”

就这样，愁予以妻子的身份留了下来。

身为龙骧将军，慕容垂交游不算广阔，但也十分忙碌，经常半夜方归。她曾怀疑他与同侪在酒馆妓寮应酬，可对方换下的衣物上并没有脂粉香味，倒经常发现血渍。奇怪的是，夜里趁了烛火看，也没在身上找到伤口。

这日她用了膳，一直等到晚上也不见人，正百无聊赖在院里溜达，却见不远处，几名婢女摘下白花挽联，在原处贴上红字，忍不住上前阻拦。

“兄长昨日还在此停灵，怎可今日便贴红囍？”

婢女们一脸茫然：“是郎主让我们这么做的。”

“他竟如此行事?!”愁予以手扶额，头痛不已，“将挽联依旧挂回去，至于‘囍’字，贴在厢房即可，不必大张旗鼓。”

几人面面相觑，显然左右为难：“郎主说过，一应事宜以夫人指派为准。”

忽地，门外传来一道人声。

她闻声看去，却见杀墨、杀砚两人风尘仆仆进了门，不禁讶异：“将军人呢？”

二人面含忧色，苦笑连连：“这几日弹劾郎主的折子如雪花一般，还被瞿大夫以军备伙废为由，直接谏议到圣上面前……”

“圣上大发雷霆，恐怕不能善了。”

愁予敏锐地重复了那三个字：“瞿大夫？”

“是也，正是光禄大夫瞿晃！”

闻言，杀墨大吐苦水：“因他连连谏议，郎主请制的八千铁甲直接换成了藤甲，近几日的奏报均被王司徒打回了……”

闻言，她缄默不语。

夜深了，两名幕僚告辞离去，又等了许久，方听到大门口传来嗒嗒马蹄声，不一会儿，慕容垂披件墨色鹤氅，踏着夜色走进院中。

见门上依旧挂着挽联，他面容一沉：“让你们撤了灵堂，换成红绸喜字，怎的毫无动静？”

闻到一丝火气，愁予连忙上前陈情：“是我让他们撤下的。”

话音落下，落针可闻。

慕容垂转开眼睛，轻咳一声：“你们做得很好。”

他积威可怕，见婢女们深深低着头，她轻声道：“你认为我自作主张？”

对方淡笑一声：“哪有。”

愁予摸不准他想法，只好娓娓劝诫：“我这并非是为了别人，而是为了你。”

此刻，慕容垂一双清凌凌的碧眼眨也不眨地睇来，看得她后脊发麻，也只能硬着头皮说下去：“所谓兄友然后弟恭，你与兄长不睦，这么做也无可厚非。可你刚升任龙骧将军，多少人眼红得紧？此时逞一时意气，反而落人口实，叫自己处境更艰难。”

她一口气说罢，也不敢看他。

不意慕容垂忽然便启唇而笑，一手执起她手背，亲昵地贴在自己面上：“为何你说话每个字都好听？”

“以后要多说，我都听你的。”

拾壹

这一日，慕容垂总算早早归家。

他今日装扮殊异，发鬓漆黑，长发结成数个小辫垂在耳后，更衬得眉眼邪美，颇有一分凌厉：“今日我向王司徒递了拜帖，你与我同去吧？”

见他装扮隆重，神情肃穆，愁予讶异：“为何要带上我？”

他微微一哂：“我面目可憎，又笨嘴拙舌，不如你口才敏捷，为之奈何？”

“好。”

待她梳洗装扮完毕，两人便一同坐上马车，前往司徒府。

刚到大门外，便闻钟磬隐隐，迢迢暗递，隔着一重树影，只闻弹琴鼓瑟，声声入耳。

转入一条长廊，水塘边筑起了美轮美奂的舞榭歌台，依山傍水，清晨起了袅袅薄雾，将亭台楼阁浸在朦胧的雾间。

门房一进入通报，那丝竹声便停止了。

两人走入院里，便见一位年轻郎君踞坐于席，正遥遥看来。

两人同样缁衣大袖，气质却绝不类似。

如果说慕容垂皎若灿月，华彩如虹，王玙就是林间清风，自有那么股不拘泥于形、超然物外的旷世之感，

只是对方肃容霜雪，脸色难看，似并不待见两人。

慕容垂一扬袖，淡淡道：“这位便是当朝司徒大人，夫人可呼王郎君。”

愁予恭恭敬敬行了个女礼，王司徒只点点头，便向着慕容垂说

话："你可知朝中每日接到的，皆是参你的折子？"

"嫡兄刚殁，你竟有心情娶妻作乐，非要我下个贬斥令给你吗？"

正说着话，婢女端着茶点近前，其中正有一碗清澄的豆汁，慕容垂伸手一指："萁在釜下燃，豆在釜中泣，司徒大人可知下一句？"

即便愁予不认得多少字，也知下一句——

本是同根生，相煎何太急。

王玙笑一声，神色不辨喜怒："何必打机锋？"

在大邺，向来是王与司马共天下，王家人参政议事，在朝廷内有着举足轻重的分量。

生怕慕容垂又冒犯他，她连忙躬身行礼："大司徒，小女子有话说。"

王玙听了，瞥她一眼，隐含轻视。

愁予不以为忤，轻声道："孝悌礼义，本应如此，然而郎主府上亲缘淡薄，兄弟间互相仇视，早已互为仇雠。"

对方淡淡道："照你这么说，他做得很对？"

闻言，她连忙摇头："绝非如此。为父不父，为兄不兄，无怪乎我家郎主心下不顺，只是他再不顺，也不该使司徒大人在朝中难做。"

听妻子为自己说话，慕容垂一言不发。

"司徒大人私下贬斥，必然已留了情面，也因此郎主虽娶我，却并未挂红纳采，正是为了不留话柄。"

王玙听到这里，才轻叹口气："也罢，你这女子说的还算中听。"又转头向慕容垂："若不是你今日来了，那些折子我就递去圣上面前了，省得废我许多功夫。”

慕容垂听了，立即打蛇随棍上：“那我请制的八千铁甲……”

王玙听了，气不打一处来：“你要的蹄铁我制了，铁盾也制了，若非我给你请的宅子，你娶妻还得赁屋住呢！”

慕容垂闻言一笑，流露几分邪气：“我寒门出身，怎比你家大业大？”

“你自己去兵部斡旋！”

他们讨价还价，听得愁予头大，刚拿了一碗豆汁在手里喝，便见两名婢女上前行礼。

“郎主，光禄大夫瞿晃求见。”

愁予闻言，紧张得立即站起身来。

见席上两人目露疑惑，又连忙解释：“我一闺阁妇人，不好见外男。”

王玙闻言，轻轻点头，两旁婢女便立即搬来一花鸟屏风，让她回避其后。

不过片刻，便有两道脚步渐渐走近。

紧接着，屏风外响起瞿晃那清晰冷静的声线：“某不知龙骧将军也在，唐突了。”

慕容垂理都不理。

气氛陷入了一阵尴尬，王玙适时笑道：“哦，县主也来了。”

“问王司徒安。”

听到随后那一道陌生的，轻柔的女声，愁予顿感脖子上辣痛起来。

顿了一会儿，瞿晃冷冷道：“正好今日将军也在，当着司徒大人的面，不如知会瞿某一声，何以一连斩我三名监工？”

“呵，尸位素餐，杀都脏了我的刀！”

“将军慎言！”

慕容垂冷笑一声，隐隐威慑：“瞿大夫，出生入死是我，坐而论道是你，合适否？”

“将军，莫非我大郢缺你一人？”

“呵呵，是不缺我。不如下个月就由瞿大夫北上吧，有你这副口舌，定能挡胡羯十万大军！”

“你！”

见他们争吵起来，王玙及时从中调停：“胡羯连下十城，慕容将军心急也是常事，再说圣上要你督造，你便居首责，怎可坐视不管？”

瞿晃急道：“那都是废贵妃安插的人手，瞿某亦只能徐徐图之！”

他话音未落，慕容垂冷不丁道：“瞿大夫莫忘了，当初你能入内阁掌事，也是贵妃引荐的你呢。”

“呵。”一声轻笑，已然表明了王玙的态度。

瞿晃这才觉出不妙：“司徒大人，怎可怀疑瞿某立场？”

许久，无人应答。

愁予可以想见，此刻另外两人的表情，定是冰冷而漠然。其后氛围凝滞，只听铮然清音，屏风外倏忽一声惨叫。

她一惊，面前的花鸟屏风亦在同时翻倒，只见瞿晃手执宝剑，正紧紧挟制着怀里娇小的女子，一道雪亮刀光横颈而过，顿时血喷如瀑！

只在瞬间，婢女们的惊叫响彻了庭院。

再看他手中的县主喉管被割，却还强留着一口气：“瞿郎，你，你怎可如此……对我……”

话音未落，瞿晃已松了手。

那娇小的身子立仆于地，正倒在愁予脚下，四肢尤在抽搐。

愁予愣在原地，再看那执剑的人眉眼微沉，清俊的面上掠过一抹恍惚。

“江愁予，你怎会在此？”

见他走近一步，愁予连连后退：“瞿大夫慎言，你该唤我慕容夫人。”

见瞿晃阴鸷的目光游移不定，慕容垂冷冷瞥来：“原来是他。”转脸又朝她点头，“幸而你改嫁了我，瞧这县主，今日之下场竟不如狗彘……”

这话说得没头没脑，也唯有她听得懂。

两人尚未交谈，便被瞿晃打断：“贵妃被废，如今她已不是县主了。当初，她以瞿家人性命胁迫我屈服，又多次追杀我元妻，害我们夫妇离心，我恨不能食其肉，寝其皮！”

再看另一边，王玙竟抚掌微笑，显然极为满意。

“善，瞿郎之心吾明矣。”

对方这一刀，彻底划清了过去，也成了背靠王家的投名状。

愁予见状，对着地上那死不瞑目的女子，竟油然生出一份兔死狐悲之感。

正出着神，便见瞿晃转向她，口吻低沉：“愁予，如今害你的人已不在，你还不愿回到我身边吗？”

这一问，顿时使席上另外两人变了脸色。

“嗯？这是何意？”

这是王玙。

“瞿大夫慎言！”

这是慕容垂。

见王玙神色疑惑，慕容垂一指她，口气斩钉截铁：“王司徒，这便是我元妻。当初她衣不解带，亲自侍奉我病母三年，从无怨言，不论德容言工，皆在这个狠毒的女子之上，若不是被逼得无路可走，我怎会与她合离？”

愁予默默听他陈情，心下忽生荒诞之感。

慕容垂见她缄默，眉头轻挑，口吻倨傲：“某不算公卿贵族，也无亿万家财傍身，但即便面前斧钺汤镬，娶下的妻子又岂能相让？”

瞿晃张了张嘴，正要争辩，却被王玙一句话压了下去。

“你三人私事，不必在我处分说。”

他又朝两人不耐烦道：“你们还有何事？”

瞿晃动了动唇，终是隐忍下来：“无了。”

之后，王玙又转向慕容垂：“你呢？还有何事？”

“我，我多了。”慕容垂面无表情，“军械，兵马，粮草，我此次往邺北，路途漫漫，一路辎重都需你解决。”

谁知，王玙闻言立即甩袖：“去去去！舆马军械我为你解决，其他的，你找别人打秋风去！”

“如此足矣。”慕容垂点点头，看一眼瞿晃，再看一眼愁予，忽然躬身行礼，“垂无以为报，唯酬一刀。”

众人还没反应过来，便见他抽出腰间宝刀，耳畔顿时响起呼啸的龙吟之声。

但见院中绿荫如盖，天空一碧如洗，碧眼青年持刀如游龙，雪色刀光在树影之间飞烁，叫人一时竟分不清刀更劲，还是舞更美。

一舞既罢，慕容垂持刀立于院中，不喘不汗，行息如常。

王玙轻拍手掌，显然心情愉悦。

再看庭中另一人，却面如土色，牙关颤抖，不过须臾，他头顶的玉冠忽然碎裂掉落，迸溅了一地齑粉！

此际起了一缕微风，将暑气卷入庭院之间，盈盈滴翠的柳树底下，慕容垂远远看着她，眉间坠着一丝温柔。

愁予明白，这是要她做一个抉择的意思。

“等我一下。”

离去前，她解下肩上的披风，盖住了那女子凄惨的死相。

事实上，文昭县主身量娇小，面容清秀，单看外表，不过是平日里街头巷尾，随处可见的那种小娘子罢了。

这之后，她过去牵起了丈夫的手：“咱们走罢。”

马车上，夫妻俩相对而坐，慕容垂不知从何处取来一张丝帕，轻拭着宝刀刀柄，神态甚为轻松。

愁予一阵后怕：“刚才在王司徒处，我以为你要杀他。”

对方闻言轻哂：“我若当面杀你旧人，与瞿晃那货色又有何分别？”

顿了顿，又转了话锋：“不过，你若和他走了，今日的瞿大夫便是一具死尸了。”

瞧他轻描淡写，她也只能讪讪一笑。

慕容垂搁置宝刀，一扬袖，将妻子亲昵地揽在怀中：“你要与我一同回陈郡吗？”

“为何要回？”

“入秋之后，我需北上。你不愿在建康招人眼球，那我们便回陈郡，披红挂彩，三书六礼，总归要有个章程。”

愁予嫁过人，虽明媒正娶却遭下堂，因此对这种过场仪式并无期盼。

但瞧他满眼热烈，也莫名心中欢喜。

拾贰

初秋，建康下了三日的雨。

雨水丰沛的时节，夫妻俩回到陈郡，两月不见，阿爷形貌精神许多，甚至颇感无聊，成天嚷着要在陈郡也开个菽饼铺子。

愁予掏出最后一点体己，给他赁了个小店面，又找了两个长工帮衬，总算将菽饼铺子勉勉强强开起来了。

许是知道这是龙骧将军家的铺子，店里的买卖很不错，也是通过这个店子，她结识了陈郡不少世家夫人。

闲暇时，那些夫人总会问她一些匪夷所思的问题。

“江娘子，龙骧将军是不是生得碧眼虬须，膀大腰圆？”

“他不蓄须，也不胖壮。”

每当她这么回答，夫人们就会睁圆了眼睛，嘴巴里不断发出吸气声：“怎么会？”

也有人旁敲侧击，想要往她身边塞小女郎，多是些家中的旁支、庶女，说要送些人来为她分忧。

对此，慕容垂总是断然拒绝，若直接送人过来，甚至会被他上门面斥，反而闹得大家都没脸。

久而久之，也就无人再提此事。

这一日，愁予再次路过那废弃的园子，忽然便想起了那梳头的女子。去问慕容垂，他却沉下脸，反而叫她更好奇了：“夫主，她是你房中的人，总丢在那废园里也不合适。”

孰料对方闻言大笑：“我房中的人？那可不是人人都能做的！”

"可，可大家都说，那是你的妾侍……"

"是吗？"闻言，慕容垂眼神促狭，"既然如此，愁予身为主母，妾侍的去留，你自可定夺。"

"啊，我？"

不等她反应过来，他便唤人开锁，亲自将那园子里的女人带到面前来。

只见那女子蓬头垢面，眼神涣散，张着嘴却发不出声音，慕容垂使人松开她，她便猛扑到他脚下不停磕头，直磕得满地都是斑斑血迹。

愁予心生不忍，便让婢女将人扶起来。

不意那女人仰头嘶叫，嘴巴张开，里面却是一团焦黑的舌头！

她吓得大叫一声，差点离席而走！

见妻子看向自己的目光隐隐恐惧，慕容垂紧盯着她，神情冷淡："你不会认为，是我将她害成这样的吧？"

"我，我不知。"

"是吗？"见愁予浑身颤抖着说不出话，慕容垂将腰间宝刀解下，轻轻递到她手里，"刀给你，你可随时杀我，我绝不还手。"

她自然不会去接那把刀。

慕容垂等了一会儿，自言自语道："你这般怕我，又怎会真心爱我？"说罢，便一扬袖子，起身离开。

他走了，一旁的杀墨这才上前："夫人，您实在伤了郎主的心了，这女子的确是老郎主送来伺候的，可她却听了旁人的挑唆，向郎主的饭食中下哑药……"

"哑药？"

"是啊，后来东窗事发，她自己将剩下的毒药吞下，这才被郎主软禁在此。”

愁予这才明白，原来他之前的声音粗哑难听，是因为这个原因，心下，顿时懊悔不已。

可惜，慕容垂并未给她陈情的机会。当夜，他再次离府，只留下一封手书，说自己拿了王家的辎重兵马，需应王司徒北上之约。

只是他走得这样急，这样紧迫，不知是躲她还是恨她。

此际天光尚未大亮，愁予妆了个男髻，又从自家铺子里拿了十几个菽饼，便沿着长街上湿漉漉的辙痕往城外追赶。

慕容垂所乘的车舆八马宽驾，是唯有世家才能御的马车，也因此很好分辨，她从府里拉了匹马，这一赶，便赶到了天黑，

出了城，前方渐渐出现一支蜿蜒的车队，军容整肃。

看行人打扮，似乎是商队。

见愁予渐渐靠近，车队中跑出一辆快马，御者手中高舞着红旗，她正要上前问路，却见那人从袖中掏出一物对着她，似在瞄准。

愁予一惊之下，连忙勒马后退，却不意整个人滚落在泥土里，瞬间衣冠凌乱，狼狈无比。

那御者拍马靠近，待看清她相貌，登时大惊失色：“夫人，您怎会在此？”

原来，此人正是护送愁予去陈郡的甲士之一，且被指导过如何保存菽饼的，她顿时尴尬极了。见她窘迫，对方没再问，只将人恭恭敬敬地迎到了车队里。

此际天已黑透，车列驻扎在一处荒村，众人卸了外面布衣，下面却是寒光闪闪的铁甲。

愁予见他们一部分埋锅造饭，一部分原地烧窑，不禁莫名：

“这是作何？”

陪同的甲士解释：“这是在炕干粮。”

“干粮？”

“是也，我等并非先锋，而是火头军，将军还在后面招兵呢。”

愁予：“……”

兵马未动，粮草先行。

万万没想到她选的这匹马太快，居然赶在了真正的大军之前，再想那一路的辙痕，恐怕也是慕容氏的惑敌之策。

见她悒悒不乐，那甲士劝慰道：“夫人且安心，最多半日，将军必至此处。”

“也好。”

那甲士拱了拱手，便自去忙了。

其他士兵也是分头忙碌，很快便炊烟四起，愁予往脸上抹了黑灰，凑过去看，却见他们将一团团豆糜压得极薄，忍不住小声道：“这样一来，薄饼定然在长途跋涉中碎为齑粉。”

旁边的人耳尖，闻言冷笑一声：“那你说怎么做？”

她做了十几年菽饼，自然不服气：“你可加些淀粉，做成寸厚圆饼，中间留孔，以炭火烤炙。”

“为何要留孔？”

“中间留孔，以草绳串之，士兵可负数十里。”

那为首的人听了，忽然不笑了，又指着脚边一大盆湿漉漉的东西问道：“这是做完牛肉干之后剩的下水，你说该如何利用？”

愁予眼一瞟，便认出那是满满一盆牛膀胱，小声道：“若有肉干、麻饼，可将牛膀胱晒干为皮包，将所有食物塞入其中，每个士兵带一个或几个皮包即可远征。”

众人闻言，啧啧称奇。

那甲士沉默着，忽然重重一拍她后背：“你这小子，诡计甚多！”

就在他又要拍第二下的时候，陪同的甲士连忙阻拦：“督军不可！”说罢，便在对方迷惑的眼神里，急急将她拉走了。

这之后，那甲士安排了孤帐给她休息，并再三叮嘱不可乱走。

若不然，哪怕大郯如何民风开放，一个妇人混入军营这件事，光民间的唾沫星子，也足叫她死上百次了。

听他说得在理，她也只能等在帐篷里。

这一等，便等得困意上涌。

翌日，愁予还在模模糊糊睡着，忽然前方帐帘一掀，两名甲士忽然闯入，一左一右将她架了出去。

她正惶惶不已，倏忽间已被拖到一间大帐里。

昨日那督工就站在中间，指着她道：“司徒大人，就是他！”

愁予这才看清，前方帅位上，一站一坐，两个都是她熟悉的面孔。

王玙走过来，语气罕见地和蔼，使人如沐春风：“如此智计，居然是一个小兵想出来的？你既有贡献，我将你提为百夫长，可好？”

愁予不敢说话，因为此时那帅座上的人，也正紧紧地盯着她。

但见对方头戴冠盔，衣海龙宝甲，肩上覆一只赤金饕餮，英姿勃发，面容冰冷，待看清楚她后，脸色更是变了。

下一秒，人已疾步走来，伸手在她脸颊上狠狠一擦，登时便露出了下面白皙的肌肤来！

王玙在一旁瞧得热闹：“这么一说，不能提百夫长了，倒可以提个乡君。”

慕容垂“哼”了一声，似在按捺怒火，忽然便朝众人斥道：“都出去！”

须臾之间，偌大的帅帐里人走得干干净净。

愁予不敢抬头，却见那双紫金靴绕着她走了几圈，步伐沉重，带着寒意：“民闯军营，合该当场处死。”

“谁叫你不告而别。”

“你反倒怪起我来？”

她自知理亏，只能闷不吭声。

顿了一会儿，那靴的主人停在她身后，冰凉铠甲紧贴那背后的肌肤，带来一阵寒意：“可你解我一大难题，论功又该行赏，你说，我到底该赏你，还是罚你？”

“都随你。”

慕容垂似乎被将住了，一阵咬牙后，狠狠道：“我瞧你可恨得紧！”

愁予刚要反驳。

下一刻，又被人咬住了耳朵：“但也可爱的紧！”

“既然可恨了，又怎会可爱？”

身后，慕容垂长叹一声：“正是又爱又恨，颠倒沉沦！”

“你说你孤身一人追到这里，若是碰到流匪死在路上，我岂不是成了鳏夫？”

愁予鼻子一酸：“可我宁愿流血，也不要再流泪了！”

他闻言，目中好像有什么在闪动，终究忍了下来，声音变得更软：“可战场上刀剑无眼，我怎么带着你？”

“我没要你带着我。”

“那……”

“我来这只是想问你，你此去，何时回来？”愁予深吸口气，强笑道，“一年、两年、三年……我都等得，只是不要叫我等一辈子。”

忽地，她腰肢上横了只大手，还没反应过来，已被人用力揽在了怀里，用满是青髭的下巴用力摩挲：“无论何时，只要你等我，我都会回来。”

“那，万一你死了呢？”

“你放心，我生是你的人，死是你的死人。”

听到这里，愁予再也抑制不住自己汹涌的泪水。

说到底，这也许就是两人的最后一面，她孤身追到这里，也不过想再看他一眼罢了。

许久，慕容垂擦干她面上泪渍，轻声道：“莫哭了。终有一日，我会还你一个河清海晏的大邺，天堑终成坦途。”

见爱妻一双泪眼，他手抚鬓发，指尖扯住玉冠轻轻一拽，长长的乌发泄了下来，接着便横刀一削，将一缕长发递到她手上。

“从此以后，魂梦相牵，你便是我的归处。”

拾叁

无论愁予多么不舍，慕容垂的大军仍然开拔了。而她则被委托给王玙，被带回了家乡滁州。

知道她家中做了十几年的蔌饼，王玙干脆令她在城中分家制作草绳锅盔，再将一批批军用干粮运往北方。愁予答应了，这样一来，即便慕容垂在北她在南，也能帮上他的忙。

日子一天天过去，她日日稀里糊涂地被军政推着走，忙得昏头涨脑，也渐渐在等待中淡忘了惶惑与痛苦。

其间，慕容垂常有来信，虽然笔墨不多，却都写着一笔安字。

愁予如今才知，他之所以被称作“鬼将军”，便是因为善于夜袭。

要出奇兵，便不能留痕迹，甲士往往要埋伏在嵩草战壕，数日不饮不食，长此以往便手脚浮肿，极易生病。

得知此事，她又多番上门陈情，王玙烦不胜烦，又叫了两个官盐使来调度。

于是，她以家中的蒰饼铺子作掩护，大量制起了一种盐豆粿子，以三升豉掺以五升盐捣碎如泥，再压做成饼晒干，要食用时剥一块，即可代替盐巴。

就这样，滁州成了供应军粮的主要产地，要每日产出定量的锅盔、麻饼、糜饼、皱饭和盐酱送往前线。

因人手不够，愁予还找来了不少妇人帮助，其中一位女郎生得尤其貌美脱俗，听她介绍自己，竟是南家县令之女。

想不到滁州里外内乱不休，甚至连县令之女也无路可走，沦落到当垆帮佣。

幸而她与阿爷有官令在身，这才能够安稳度日。

寒来暑往，又是一年初夏。

雨水丰沛的时节，乌云盖顶的滁州有了一日喘息之机，梅子黄时，又是满城飞絮。

不知何时，邺北的战事已进入尾声。

这些日子，因相邻大城内乱，滁州城涌入了不少外地人，其中便有一些说书人。

只不过和陈郡不太一样，他们不讲“鬼将军”，却总讲些神神鬼鬼，并些司马朝廷的风流艳事，愁予不爱听，但偶尔累了，也会去听上一耳朵。

这一日，正讲到西贵妃被废，又被谢家扶持为太后的逸事，她正听得颇有滋味，忽然便被阿二找了过来。

“女郎，门口来了两名黄门，您快回家去吧！”

愁予听了，就要起身。刚往外走，便见一意想不到的人伫立面前，峨冠博带，身后还有两名宦官打扮的男子。

那人默默看她，不知看了多久。

另两名宦人则手执拂尘，面容带笑：“这位，便是龙骧将军之妻，江氏愁予吧？”

她连忙行礼：“是。”

“圣上听闻奏报，多有感念，江娘子身为女子，却于军事多有革故鼎新，慕容将军此次大捷，问要何赏赐，却只为夫人求取封荫……”

话未说完，便被身旁人打断：“闲话休叙，且颁了圣旨！”

“是、是！”

宦人们连忙打开了文书，抑扬顿挫地念道：“奉天敕命，江氏愁予，上将军慕容垂之妻，秉性端淑，克娴于礼，圣皇躬闻之甚悦，兹授淑慧乡君，食邑千户……”

不待宦人念完，那人便将文书潦草丢到她怀里：“夫荣则妻贵，果不其然！”

愁予：“……”

这是在笑她攀高枝了。

她无意争辩，接了旨意便坐回去，继续听自己的评书。

孰料两名宦人离开了，瞿晃仍站在原地，神色恍然：“当初，若我去北能将你带在身边，也不会有今日之事了。”

“非也。”

愁予回道：“若我当日不愿被休，反而将事情闹大，恐怕被一刀封喉的人就是我了吧？”

自县主被杀后，她再没做过被人吊死的梦，颈上的伤痕也早已看不出了。

可午夜梦回，想到那梦里杀了她的人，却仍会不寒而栗。

见对方默然不语，她冷淡道：“我曾以为夫是妻的天，却未有一天想过，天塌了该怎么办，后来天真的塌了，我才明白没有谁该做谁的天。”

瞿晃嘲弄一笑：“我做不了你的天，难道慕容垂就可以？”

“无须他做我的天，只需他将我当人看。”

“此事说来简单。”

“说来简单的事，往往做起来难。”

对方若有所思：“事实上，我虽荣膺高位，但心情却无一日舒畅开怀，回想这三年最喜悦的时光，竟是与你成婚那一日。江愁予，我说我悔了，你信吗？”

“瞿郎君，你悔的也不是失去我，而是没能骗过我。”

这时，评书已换了个桥段，总算讲到鬼将军了。

愁予再不管旁人，端了茶水，便专心地听起来，正听到邺北大捷，回头看，身后已空无一人。再听台上，那老者正讲到精彩处。

“却说那鬼将军夜袭百里，用兵如神，一战大捷，再战再捷，此番归来，圣上亲披紫衣，成就一方兵权在手的漠北大王……”

孰料，他说到这便一脸高深莫测，显然在吊人胃口。

台下顿时嘘声四起，她嘴里嚼着干果子，也加入了嘘声大军的一员。

这时，长街外传来嗒嗒马蹄声。

往外看，一人骑在马上，穿着赤金柔软的鹤氅，腰悬羽箭雕弓，足登紫靴，手抛一枚金珠，只远远一抛，那金珠便被抛到了老者手中。

“请先生继续讲。”

这人下马递了话，便径直坐在了她身旁。

见他浓长睫羽，掩着一双碧眼，老者清了清喉咙，顿时喝彩四起，台上台下顿时又热闹起来。

一代人的传奇故事，就此娓娓续了下去。

（下卷完）

后记：

江氏女，一名愁予，龙骧将军慕容垂之妻，多有革新于军飨、食粮制法，人持锅盔、盐酱三斗，军中可用数旬，于南朝授淑慧乡君，食邑千户。

——《邺书·江氏女》

番外篇

（1）

壹

晨光熹微，空气清凉，只闻窗外鸟声清润，又是一日和畅。

锦屏披衣下床，推开厢门，面前是那熟悉的白兰小院，玉色花瓣纷扬飘落，宁静、安谧，仿佛风波初定。

两名小童正跪在沙地中央玩耍，俱都垂髫，玉雪可爱，轮廓五官也有几分王玙的影子。

她转向旁边随侍的婢女："这是谁家的孩子？"

那婢女见她一脸迷惑，似有惊异："两名小郎君，皆是女郎的亲生子。"

她的亲生子？

"那他们叫什么名字？"

"长子名宣，次子名宜。"

“……是吗。”

两名小童见锦屏拘束地站在一旁，纷纷拉住她，口中连声唤着母亲。而她不知为何，心中忽然对他们充满了怜爱，莫名便被拉上了竹廊，一路向远处的小亭行去。

路遇甲士皆是退让行礼，口中唤着夫人。

她忍不住看向身旁婢女：“他们为何唤我夫人?”

婢女们垂头敛目，口吻恭敬：“夫人就是您，您就是郎主之妻呀！”

穿过鸣风长廊，王玙果然坐在庭中，面前尺牍堆垒，绢册满案，手中展开其中一卷，正以朱笔批阅。

两个孩子进了亭子便往父亲身上拥，王玙一手一个，将他们提到膝上，拿了墨笔白纸，却是手把手地教他们画鼠。

然而孩子没定性，只看他画了几根鼠须便跃跃欲走，王玙将两个小郎交由婢女，便继续翻看尺牍。

风度尔雅，使人心折。

见她一眼不眨地望过来，对方眼波微澜：“双目灼灼似小贼也。”

锦屏闻言，顿时不快：“王玙，为何你在梦里也不能温柔些？”

“呵。”他唇角轻牵，朝她招手，锦屏心下的不快顿时如风扬芦花，荡然无存，忍不住便顺着手臂的招揽，轻轻靠在了那宽广的肩头。

不远处是飘扬的纱帷，杨花如雪，小泉流瀑，水落而石出。

“实际上，我未敢肖想过这些，能做三年你的妻，或许已是上天容情。”

“何以妄自菲薄？”

“可我嫁与你三年未有子嗣，母亲明里暗里，多有褒贬，说要纳些贵女进来分忧……”

“那么，你是如何想的呢？”

“我以前想过，父死夫为天，既然是天，那么丈夫所行，莫不相从，可当我嫁给了你，才知谈何容易……”

梦中的王玙还在沉吟。

半明半昧之际，她却忽然被人捧起了面庞，轻轻擦拭着眼睛。

贰

蒙眬的视野中出现了一个人，漆发素衣，褶褶如雪，锦屏一只手还放在对方衣襟中摩挲，早已成了习惯。

“怎么了，睡梦里忽然哭了？”

她连忙给自己擦泪：“没什么。”

“许是梦到了我小娘。”

“嗯。”

王玙眼神早已清明，摸摸妻子的脸庞后，便披衣下床：“山东急报，今日朝省提前了，你要随我去吗？”

锦屏看了看窗外，天色尚暗，东方既明，刚露出一线鱼肚白，便应了声好。

事实上，两人成婚已三年，未有一日如梦中那般宁静的日子。

他每日披星早朝，宵衣旰食，她也无法安枕，只能随之作息。

门厅外渐渐掌灯，数名婢女鱼贯进入，托盘上两件衣衫一大一小，除了胸前满绣的吞天饕餮，竟是同样的颜色款式。

婢女为锦屏挽起童子髻，昏暗的铜镜中便出现了一名风流俊俏的小郎君，笑起来双眼弯弯，鼠牙尖尖，眼下两颗朱砂痣，颇有狡魅之感。

她穿上那件小款的大袖衫，正对着镜子左右打量，王玙在身后睇了一眼，油然赞道："新衫殊为合身。"

不多时，他已穿好朝服，亲手替她簪上玉冠，两人梳洗完毕，便坐上王家早已备好的马车，匆匆往未央宫行去。

朝食早已备于马车，王玙坐于车内，一面饮茶，一面翻看尺牍。

而锦屏则手执朱笔，对堆积如山的奏报进行简单的分类。

此时的王家众人，尚在甜睡之中。

大邺一十八年，皇室南迁，定都建康。

因少帝年龄尚幼，先帝薨逝前令诸世家王公辅政，西太后垂帘，大司徒王玙，太师谢岌、龙骧将军慕容垂等三方辅政，如此经营数年，原先风雨飘摇的朝局渐渐稳定。

两人进了御书房，便见一人已等在门口，面容如雪，乌发碧眼，俊美阴沉。

王玙淡淡点头："慕容将军。"

锦屏随后轻身一揖，慕容垂打量她两眼，未发一言。

他知道在邺北，是她用计将了他一军，因此颇有顾忌，每次见到她都是同样不爽的表情。

除了太师，数位辅政要员齐聚御书房，书案后便是面容稚嫩的少帝，见了王玙，便流露一脸苦相。

"王司徒，山东旱季刚过，蝗灾频繁，太师令朕作罪己诏，定要如此吗？"

"谢岌？"

慕容垂闻言笑道："太师既然这么说了，自有他的道理。"

少帝将求救的目光投了过来，王玙沉吟一会儿，朝锦屏点头："玂玂，此事你作何想？"

"旱则蝗，蝗则饥，此乃天之常也，和陛下并无相关。"

她话音未落，王玙便朝书记令示意："记下来，原样回复谢岌。"

书记令诺诺连声。

少帝自然喜上心头，连带看她的眼神也多了几分欣赏："这位谢小郎君实在明智通达，要不朕给他封个官儿当当吧？"

锦屏闻言，连忙叉手行礼，表示不敢当，王玙在一旁微笑不语。

慕容垂见状，神色若有所思。

叁

出了御书房，锦屏跟上王玙脚步，轻轻拽他衣角："褚卿，你为何总叫我在圣上前表现？"

王玙与她携手而行，唇角微勾："我明明与你同样想法，却比不上你伶牙俐齿，为之奈何？"

锦屏闻言，心下了然。

一开始，王玙并不让妻子插手政务，但后来见她颇有几分助力，便也欣然默许，为了便宜行事，甚至直接将她扮作少年带入朝中。

路遇数名大臣，皆点头避让，不多时，身后却传来窃窃私语。

“那便是谢小郎？”

“是也。”

“此小郎貌若好女，王郎君竟不知避嫌……”

因两人大婚之日并未铺张，认识锦屏的人并不多，左右也就王谢嫡支的那几个熟人。

而她与王玙每日形影不离，朝中渐渐传说纷纭，言王司徒将其妻弟谢小郎带入了朝堂，同寝同食，颇为爱重。

对此她每每头皮发紧，也只当没听见。

因少帝年幼贪玩，大部分奏报都是送到王玙这里，因此他进了尚书署，便开始了长达四五个时辰的办公。

这厢锦屏在廊下煮茶，正将残剩的茶水泼入花坛，却听见前方传来脚步声，两名年轻郎君渐渐行来。

其中一人见她纤细清秀，忍不住连连注目。

“这小少年好标致。”

另一名郎君闻他赞美，投来淡淡的目光。

锦屏扫了眼，这才后知后觉，这两个都是她认识的。一个是嫡妹的夫君，袁家旁支的袁扈，另一人却是上京崔家的小郎君，崔湛。见两张熟脸迎面而来，她连忙提上茶壶，转身就走。

王玙坐于案后，正提笔疾书，见妻子进了门便躲到碧纱橱后，奇道：“你做甚？”

她咳嗽一声：“嗯……躲一会儿。”

“有什么见不得人的？”他正说着，便见侍人领着两名郎君入内，心下明了，只淡淡“哦”了一声。

再听他们交谈，原是为了求官。

士族子弟冠后均会求贵人举荐，否则极难进入庙堂，王玙给了他们两支签，袁扈受了签，便千恩万谢地离去了。

锦屏在碧纱橱后站得脚都麻了，无意间活动一下，便听崔湛在外道：“表哥，那是什么声音？”

王玙道：“许是鼠。”见他站在原地不走，王玙又道，“我听姑母说，她已为你求取清河璩氏女，你已受了？”

对方似有难堪：“我不若表哥你身居高位，能够为所欲为，既然嫡母喜欢，我也只能娶了……”

“嗯。”王玙不置可否。

崔湛又低声道：“表哥，您纳南家女郎为妾了吗？”

“不曾。”

“可我听人说，南家女郎两次救您于水火，如今身逢乱世，战火频仍，表哥怎可将一弱女子置之门外不理？”

王玙笑了一声：“崔湛，事到如今，你仍惦念着她？”

崔湛默然。

满室寂静，半晌，只闻王玙娓娓而谈。

“所谓报恩，便是将她纳为妾侍？为妾者，日日仰嫡母声气，与奴婢无异。就连自己的亲生子也不能养在膝下，要受骨肉分离之苦，度此煎熬一生，又怎能算报答？此言大谬也。”

崔湛闻言急道：“可我们世家高门，娶妻怎有自由？表哥你同样心仪南家女郎，不照样娶了谢家女吗？”

听他问到这里，锦屏终于忍不住推开碧纱橱，走到王玙身后，默默跽坐。

时隔三年，崔湛紧盯着她，目眦欲裂：“南锦屏，你怎会在此？”

眼前扮作小郎的女子垂着头：“我现下已改了名了，曰谢翾。”

他将那两个字于口中反复咀嚼：“谢翾，谢翾，你便是谢二夫人小女？”

见她点头，对方神情急转直下：“原来如此……可以王谢之门第，又怎会接纳你的？”

王玙微微一哂：“为丈夫者，当有庇荫父母妻子之豪气，门第不够，便拔高她门第，又何妨？”

崔湛闻言，瞳孔剧颤，显然是观念受到了极大的颠覆与摧毁。

正胶着着，只听门外侍人通报，却是龙骧将军到访。

对方身着一件赤金鹤氅，腰悬羽箭雕弓，面孔冷肃，进门便冲着王玙发脾气：“你和谢岌不对付，偏要我夹在中间难做？”

见他气场强大，仿佛不是来谈公事，而是来杀人的，崔湛连忙行礼：“这位伟丈夫是？”

王玙道：“此乃龙骧将军，慕容垂。”

崔湛一听，神情激动：“可是有‘鬼将军’之称的慕容将军?!”

锦屏见状，连忙吩咐侍从准备茶汤。不多时，一份颜色雪白，不冷不热的乳茶便被端到了慕容垂面前。

慕容垂爱喝甜茶，当下端起牛饮，一盏茶浇下去，那火气便被扑灭在喉咙口，王玙再问他为何生气，他默了一会儿。

“总之，我不耐烦蹚你们世家的浑水，你和谢岌斗归斗，别忘了被胡人拿走的十城！”

锦屏连忙又斟下一碗乳茶：“那是自然，还要倚赖将军。”

慕容垂又牛饮几碗茶，便急着要走，王玙忽然起身按住他，唇角微扬：“慕容垂，我有事问你。”

对方闻言不耐烦道：“你说。”

“若现下你心仪一女子，会如何做？”

慕容垂纳罕道：“我心仪了，那自然就是我的，这有何疑问？”

“若她父母索要财帛呢？”

“多杀那几个胡人，得了奖赏，财帛便有了，此事简单。”

“若她已嫁作他人妇呢？”

他口吻平平：“这还用问？报上我的名号，谁不畏惧？如还不知难而退，我便让他与我比试一番！”

王玙闻言，拍案大笑：“不愧是碧眼鬼！”

慕容垂走后，崔湛惊魂未定，似陷入某种恍惚之中，王玙轻轻一推他，他忽然如被惊醒一般，口中高呼数声：“大丈夫当如表哥，当如龙骧将军！”说着便急忙起身，追着慕容垂去了。

王玙笑道：“好好一少年郎，怎的被姑母养得如此优柔寡断？”

锦屏摇摇头，坐于他下首，将上午整理好的简帛堆放于案几，见她忙碌不停，王玙神色间浮起得意。

“实际上，若崔湛当日向我求娶你为妻，我反倒高看他两眼，说不得在姑母处为他斡旋，也就无你我之事了。”

她低眉顺眼：“事情已然过去，说起来有甚趣味？”

孰料王玙闻言，伸手一拽，便将人拽到了膝上坐着：“时隔数年，崔湛仍惦记着你，我若不下猛药，你岂不是毁一少年郎？”

锦屏闻言小声：“有女人就怪女人，没女人就怪没有女人，大抵没有女人，男人都是要做圣贤的。”

王玙闻言，笑得前俯后仰，几乎喘不上气。

“你，你啊你！”

笑罢，他用留有淡髭的脸摩她细嫩的面颊，直扎得她又好笑又难受：“夫主！我错了，我真的错了！”

“呵，你若会知错，皇帝都要换人做！”

锦屏连忙捂住他嘴唇：“此话不可乱说！”

王玙拿住她手，轻轻摇头：“此处只有你我，担心什么，你是我妻，我是你夫，事无不可对人言，尽可对鬘鬘言之。”

说罢，又咬她耳朵：“我与谢岌并未交恶，许多事你看不明白，便细细揣摩，也能学到许多。”

闻言，她也唯有点头。

肆

临近傍晚，夫妻俩一齐回到王家。

每逢初一十五，两人总会与长公主一家团聚用膳，今日也不例外。

坐在桌前，长公主不住打量锦屏：“鬘鬘似又瘦了。”

王玙给她夹了一筷子鱼脍，施施然道：“这几日山东急报，多亏她协助我处理事务，许是累到了吧。”

闻言，见长公主面色略有回温，她连忙低头陈情：“谨记为夫主分忧，不敢有一日或忘。”

另一头，其父王术似有话要说，只是到了嘴边欲言又止。

王玙淡淡道：“食不语，寝不言。若有话说，父亲可以私下里寻我。”

王术闻言，低头吃菜，筷子夹得飞起。

如此情况，恐怕是长公主又吹了什么枕头风，两人都要敲打锦屏，却又碍着王玙不敢直言。

于是当夜就寝，王玙来解妻子腰带，便被她果断推开：“癸水后易孕，现下已过去十天了，郎君还是等到下一次吧。”

他算算日子，面色一变：“要我等二十天，那不是打熬坏了？”

“再说了，癸水后易孕，又是什么带下医名言，我为何没听说过？”

锦屏小心地觑他表情：“是一位与长公主交好的贵夫人说的。”

王玙“哦”了一声，一手在她腰肢上揉捏：“放心吧，中间隔着二十天呢，郎君叫你天天有。”

听他如此慷慨，她也只有半推半就地爬上去。

王玙今日兴致颇高，好一番帐钩波动，红被摇曳后，释出一声满足的轻叹：“何人能比鬘鬘？静若处子，动若脱兔。”

他这厢口吻满意，而锦屏颇有绝望地盯着昏暗的锦帐，一言不发。

他见状，一手搂了妻子，一手在她后背轻抚。

“你怎了？”

锦屏终于忍不住，道出心中困惑：“我不懂，旁的女子嫁人，只需夜里伺候好夫君，怎么我嫁了你，白天黑夜连轴转个不停？”

黑暗里，王玙眉头一挑，神情兴味：“你若是个妾，自然只须夜里操劳。”

“可你既做了我妻，自然不光夜里操劳，白日也要操劳的。”

锦屏：“……”

伍

初进王家，锦屏也同旁的媳妇子一样，辅助婆婆主持中馈，但自从一日讨巧，帮王玙将那些烦冗的书简作分类摘要后，便要日日跟着他做事。

时至今日，甚至连晨昏定省都再未有过，反倒日日如丈夫一般上朝，长公主一开始颇有怨言，后来在王玙的坚持下，便也不了了之了。

因此举大大减少了王玙的工作量，他对她颇为倚赖，以至于日日如此，锦屏很快便思虑过多，脸黄头秃，甚至三年未孕。

见她近些日子常常愁容满面，他似有所悟，一手摸着那柔软的小腹，低声叹道：“农人勤矣，惜乎稻田不丰。”

闻言，锦屏酸溜溜道：“郎君，不叫我跟你上朝，许休养几日，困些懒觉便丰了。”

王玙闻言，连忙柔下声音，说了不少甜话：“丰腴有何可喜？尤爱颦颦窈窕细腰，乌发亭亭，吾心爱也。”

对此，她唯有呵呵二字。

见爱妻一直怏怏不乐，王玙终于上了心，隔日便延了数名杏林名手上门看诊，白天黑夜，足足叫她看了七八个扁鹊。

听锦屏说癸水后易孕，几名大夫不约而同地摇头。

“非也，非也！癸水与下一次中间的日子方易孕，癸水后反而避孕。”

听大夫们所言，为何与其他贵夫人所言相悖？

锦屏恍然想到，或许王玙将她贴身带在身边，不光是帮他做事，更是出于另一重考量……

此事之后，她便再也不排斥跟着王玙干活了，即便长公主给脸色，也只当没看见。

这一日，王玙翻着案牍，忽然通知一声：“对了，崔湛拒了璩家婚事，从军去了。”

“从军？”

锦屏想到崔小郎那瘦长身条，实在难以想象这样的男子带兵打仗是什么样。

王玙笑道：“如此甚好，在慕容垂麾下，想必他也多少沾点狼性。”

说罢，便往榻上一靠，双目怠合，而她闻弦音而知雅意，当即拿出一份书简读了起来。

这份简却来自她那便宜妹夫——袁扈。

只是看他长篇大论，反反复复，说的都是同一个意思，王玙听了一盏茶时间，越听越长，只得无奈打断：“莫念了，直接概括给我。”

“……干不了。”

“呵。”王玙以手加额，口吻冷淡，“他向我求官，我使他入尚书署，不过起草一募捐文书，怎么就干不了了？”

锦屏思前想后，给出一结论：“许是怕得罪人吧？”

王玙冷道：“如此就得罪人了？慕容垂即将北上，伸手便是索要精兵利器，我若按谢岌的意思，直接加重民间徭赋，便不算得罪人了？”

世家大族盘根错节，王玙与谢岌同为大族出身，不光要为慕容垂提供后方支持，还要平衡世家势力，的确难做。

瞧他神色疲惫，眼下绀青，她小声道：“郎君可自世家征兵，允许子弟拿钱自赎，如此，或可解燃眉之急。”

王玙叹息道：“世家尚有财帛，庶人又该如何？”

“或可允许庶人捐铁器、棉甲相代，或以授予军功、全族以免赋相诱。”

对方闻言，若有所思。

翌日，王玙带着锦屏上朝，又将昨日言论在皇帝面前再陈一遍，少傅谢岌也在，闻言慷慨称道。

于是，由司徒、太师、龙骧将军三方口述，查漏补充，而她从旁笔录的《督军令》就此下发。

西太后从中阻拦，却被少帝当庭驳回，士族庶人，上下莫敢不从。

军令普及之后，少帝亲政，王玙、谢岌渐渐放权，慕容垂更是深入邺北，势如破竹，百姓无不额手称庆。

而拒绝草拟招募令的袁扈后面再来尚书署，辄被王玙拒之门外，至今仍赋闲在家。

三月后，锦屏被诊出有孕，长公主喜出望外，严令她在家休息，王玙也不强求，只仍留了些书简给她，美其名曰打发时间。

这一日，她正在留白处作着摘要，忽然有人来访，说是袁扈夫人，口口声声要见王三夫人。

锦屏明白了，袁扈那日见了她，即便当时没认出，回头也会反应过来，这便叫了南锦绣来说和。

她一点头，甲士便迎了人进来。

见对方面容清瘦，神色憔悴，锦屏大惊：“你怎地如此之瘦？”

南家姊妹数个，锦屏虽然也瘦，却是天生如此，王家并未在吃食上克扣过她，反倒是锦绣最是贪食，自小便养得珠圆玉润，如今看她却纤细如纸，判若两人，也不知到底遭遇了什么。

看到锦屏，她捂住嘴唇，满面惶恐：“阿姊，果然是你！”

锦屏唤人给她上了茶点果子，便慢慢坐到榻上：“是呀，要不是我命大，现下早已被你母亲送予庾牧，死在巴郡了。”

锦绣闻言，张了张口：“可，可母亲那么做，我作为女儿，又怎能反抗？我曾想把你要来做妾，可父亲不同意……”

锦屏平静地摇头：“你自己都过成这样，又遑论护着我？”

锦绣闻言，清泪长流：“是啊，我如今怎比你过得好？你没被折磨死在庾府，居然做了三郎之妻！”

锦屏叹了口气：“得王玙一时的迷恋不难，可做他一世尊重之妻，却也殊为不易啊。”

再多的，她不愿说，说了对方恐怕也不信。

锦绣再打量自己姐姐两眼，见她脚下软履，身上宽衫，还有什么不明白的？

当下，羡慕之情溢于言表：“瞧你宽袍软鞋，必是有孕在身了吧？”

锦屏点点头：“你呢，三年过去了，可有了儿女？”

闻言，锦绣眼眶发红：“儿女？莫谈儿女！见我父母已死，身无怙恃，袁扈早已动了休妻之念了！”

在大邺，士族子弟休妻乃是大忌，若被人弹劾，恐怕议论纷纷，丢官的都有。

见锦屏面露不信，她面色惨然："是啊，他一心攀龙附凤，又怎会休妻？自然要使些手段，叫我自请下堂才好。"

说着，她转身关上了门，便揭开衣襟襦裙，大袒胸口，露出上面疮疤。

"这是前日，他令我来求你，我不愿，他便将烧红的铸钱烙在我乳上。

"还有我后背，那日婆母怨他不与我同房，他便解下玉带，足足鞭了我一个时辰。

"还有我左腿，至今不太能走路……"

妹妹腿上的伤口还没揭露，锦屏已心下悲伤，感同身受，泪水忍不住夺眶而出。

向来怕痛的锦绣却面无表情："我知道，在南家时我说不上话，对你不能算好，如今也没有脸面来求你。只是好歹姊妹一场，待我被折磨死在袁家，只求你和王郎说一声，将我骨殖移出袁氏祖坟，莫叫我和那二椅子葬在一处。"

锦屏闻言，擦了擦泪，定了定神："放心，此事我已知了，必不叫你再受折磨。"

见姐姐语气肯定，锦绣激动地拉住她双手："真的，你真的要帮我？"

"真的，我们同为女子，我不帮你，又能帮谁？"

锦绣目视她良久，干涸的眼眶终于润湿："我已无父无母，幸而还有阿姊相依！"

说完，两姊妹紧紧相拥，忍不住泪流成行！

不过多久，锦绣平静下来，便擦擦眼眶，轻轻将姐姐推开：“阿姊你已有身孕，还需情绪温和，如此才能生子固宠。”

锦屏点点头，这才渐渐平复心情。

陆

当晚，南锦绣便被留在了王家，王玙回来之后，锦屏和他提了此事。

孰料，他一听便用眼斜她：“怎么，你竟将姊妹接到我这里，莫非是听了母亲什么话了？”

锦屏连忙解释：“哪有！无非是锦绣要与袁扈和离，求我为她说项罢了。”

王玙躺在榻上，一手支在颈后，两眼望着她笑：“哦，原是如此，我以为你身子重了，要找姐妹来分忧呢。”

听他这么一说，锦屏才想起前几日长公主带来几个贵女，说要为她分忧的事。

当时她只说但凭夫主喜欢，全部收来也可，却原来传到了王玙耳里，惹得他记恨在心。

想到此人明面上光风霁月，实则心眼小如针尖，她连忙上前捏腿掐肩，满面堆笑：“没有没有，我心知郎君是看不上别人的，不过为了母亲着想，不愿下她面子罢了。”

“鬘鬘心爱郎君，又怎舍得与他人分享？”

王玙哼了声，哼得她一背冷汗，过了一会儿，又好像想起了什么似的问道："北方战事吃紧，我最近都吃住在宫中，你就留在王家养胎吗？"

锦屏刚要说留在王家，就见他双目怠合，隐隐不悦，这才反应过来："郎君去哪里，我就去哪里，现下已坐稳了三个月，自然要和你一同去宫里住的。"

王玙可无不可，面上却浮现满意之色。

"见你久不去御前，圣上总是问你，还说要给你个书记官做做，不过六百石的小官而已，你要是愿意，我便为你应下了，只怕你嫌累。"

锦屏一听有俸禄，顿时满心欢喜："如此甚好！劳烦郎君替我应了吧！"

王玙见爱妻喜上眉梢，淡笑道："果然比起我，还是金珠更实在吧？"

"哪有！"

听他这么说，她连忙辩白："崔湛也好，圣上也好，金珠也好，锦屏心中无有比郎君者。"

对方呵笑一声："之前在邺北，是谁说不要郎君的人，要郎君的鬼也没用？"

对于王玙而言，老皇历年年翻，年年有新花样。

见他又来，锦屏信誓旦旦，如流水般往外倾泻："不为生前侣，但为死后伴，锦屏既与王郎结了夫妻，那便是生离死别，心中只有王郎了！"

王玙闻言，这才展开手臂，将妻子轻轻一拥："只是说甜话还不够，还要贯彻始终，知道否？"

“知道，知道。”

“嗯。”

这一声嗯，在他便是此事暂且揭过的意思，她见状连忙吹枕边风：“那我阿妹的事……”

“放心，此事不难，叫袁扈去给崔湛做伴便是。”

“崔湛？”

“他独自投了慕容垂帐下，正好孤单。”

锦屏想起袁扈剃面敷粉，比一般女郎还要精致的模样，不禁捏一把冷汗。

王玙微笑，一手轻抚她小腹：“对了，有没有想好孩子叫什么名？”

“起名，不都是夫主的事？”

“不妨说说。”

“一名唤宣，或唤宜吧，男女皆可。”

“嗯，不错，便用这两个吧。”

锦屏：“……”

见她表情割裂，王玙似乎又被戳到了笑点，坐着捧腹，根本直不起腰来！

“众生芸芸，唯犨犨有趣，久处不厌，更觉满口生香！”

锦屏悻悻。

呵呵，还不是为了拿她打趣？

王玙见爱妻面色不虞，便凑到那洁白的耳边细语，直说得她满脸通红，再也生不起气为止。

再看窗外，月投清影，地上已摇落了一地银霜。

岁月忽晚，更漏深长。

番外篇

（2）

壹

江愁予，是建康城内最特殊的贵夫人。

她是骠骑将军慕容垂之妻，兼授了乡君封号在身，本该如一只彩衣蝴蝶，风光无两地活跃在各大世家贵族的后花园。

但她和京中的簪缨仕女不同，既不爱诗书，也不爱红妆，偶然出现在人前，也是形容朴素，沉静缄默。

日子长了，她这不争不抢的性子，倒是赢得了世家大妇们的一致好评，纷纷赞她：“淑慧乡君神情散朗，故有林下风气。”

但也有些贵女看不上她的出身，悄悄在背后议论。

议论那密布着老茧的双手。

那衣角隐约带着的烟火气。

和那不与时同的飒爽与独行。

实际上，为了襄助东郦的北伐大军，江愁予需要常年奔走于酱坊、炊房、制食厂，至今仍领着官禄在身。

许是这个原因，成婚多年，她才有了第一个孩子。

生产前日，人还在酱坊劳作，恰逢慕容垂自军中归来，前前后后找不见人，一直寻到城郊工厂，这才将大腹便便的妻子强行拉回了府中。

不料，当夜便发动了。

幸而，生产很顺利，三更天左右，慕容垂迎来了自己唯一的女儿。

令他暗自庆幸的是，这个孩子黑发黑瞳，外貌虽也像他，却没有一丝色目人的特征。

如此，便也不会遭遇她生父曾受到的憎恶与驱逐。

慕容垂悲喜交集地将她抱在怀中。

不知何时，眼眶竟悄然湿了。

—— 贰 ——

比之毗邻而居的王司徒，慕容垂显然是个慈父。

坊间传闻，大司徒对待两个幼子教育严苛，鸡鸣刚过，便要带出锦被，交由傅姆扎两个朝天揪，再就是饿着肚皮，跟着先生摇头晃脑地念诗文，晌午之时，又要跟着甲士练习骑射，夜晚还要由父亲监督对弈，谓之君子六艺，缺一不可。

实乃朝朝有新学，日日不得闲。

反观骠骑将军，却对女儿异常地溺爱。

因她属相为龙，便昵称为小玉龙。

小玉龙六岁时，尚不会用筷箸，需由父亲抱在膝上，一口口用木勺亲喂。

江愁予稍嫌麻烦，慕容垂却十分坦然：“作为骠骑将军的女儿，她不需读书，亦不需劳作。”

“这辈子，只需做个快乐的废物。”

此言虽父爱拳拳，却始终存在隐患。

愁予不禁纳罕：“倘若她以后嫁人呢？”

慕容垂满不在乎，任小玉龙攀在背上、用力拽他脑后的小细辫：“她愿嫁就嫁，看上哪家小郎君便抢回家中，这有何难？”

不知又想到了什么，忽而笑吟吟道：“若她不愿嫁，便养她一辈子罢。”

愁予：“……”

于是，在父亲的放纵下，待到小玉龙再大一点，已是建康城内名声贯耳的女霸王。

坊间皆云，骠骑将军这个女儿，吃得多，长得壮，可谓懒笨馋凶矮胖圆，一个不落都占全。

这话传回将军府邸，反惹得慕容垂得意。

可惜，这终究不是美谈。

日子久了，便有些世家贵妇隐晦地劝告江愁予，劝她将手头的庶务置于一边，早些为骠骑将军诞育麟儿，方是正经。

对此，慕容垂不置可否。

旁人问起，他也只是温和地问她：“你觉得呢？”

愁予的回答却很婉转：“夫主是家中的天，但凡有言，莫敢不从。”

事实上，两人有了小玉龙，已经很足够了。

可因着她妻子的身份。

有些事，却只能是她的责任。

叁

令人没想到的是，此事尚未提上日程，宫中忽然传来噩耗。

曰骠骑将军慕容垂，犯上作乱，藐视君权。

据族中在朝的子弟说，慕容垂与谢岌一言不合，竟于御书房外激斗，雪亮的刀光令少帝惊怖不已，当夜便发起高烧。

一时朝野为之震动。

翌日，太傅谢安问责，慕容垂便披锁带枷，被押去了囚下。

谢岌，乃太傅谢安之侄。

自王家扶立新帝，谢家从军辅佐，成立的北府军所向披靡，已然成为东郢第一流的士族。

一介寒门出身的将领，焉能撄其锋？

果然，两人同室操戈，却只将慕容垂下了狱。

而风波中的谢家子却好似没事人一般，依旧鞍前马后，伴君出入。

愁予带着小玉龙，在家中焦灼等了三日，实在等不得了，便去库房取了几件珍物，包袱款款求上了司徒府。

肆

这已是愁予第三次登门。

她从午后便前来拜访，直等到院中灯火通明，水曲里漂着琉璃灯、莲花灯、缠枝灯，灯影错落，满廊轻晃，大司徒依然闭门不见。

本以为今日又要扑空，正要离去，却听有人在身后轻唤。

“廊下的，可是慕容夫人？”

只听那咬字略快，声线软绵，语调却利落果断，听着似有几分熟悉。

愁予抬头看，却见到了飒爽清丽的一张面孔。

竟是曾在她垆下帮佣的南家女郎。

一别数年，故人相见。

没想到当年走投无路的南家孤女，如今竟成了权臣之妻，她不禁有些恍惚：“锦屏……”

对方温声纠正：“唤我谢鬟。”

愁予知道，生逢乱世，是这个名字保护了她，便也从善如流：“好。”

谢鬟并无一丝装乔：“江家阿姊，所为何来？”

愁予见她如此礼遇，心中感激，便将此事细细告知，对方略一思忖，语调微微焦急起来：“如此，我现在便去转告郎君，阿姊且稍待。”

说罢，她唤人好茶好水招待着，便转身而去。

不出半炷香的时间，便有两名甲士前来，毕恭毕敬将愁予引入内院，走到尽头，谢鬟正等在廊下，见到她，便将手指轻轻竖在唇边。

此处地势略高，正可以看到不远处的亭中，两名博冠之人正在对弈。

“那便是谢岌。”

“什么？”

愁予闻言，便也投了目光去看。

可惜隔着花草，只隐约看到一袭紫衫。

待二人手谈稍歇，谢韀便借着撤换茶水的机会，将王司徒引出了亭子。

然而见到愁予，王玙对着妻子，却是有些不快。

“你这是找了事给我做？”

“哪有。”

王玙也曾是上京城里掷果盈车的风流子弟，但多年手握权柄，那贵气眉目上却无端笼着一层令人怖惧的凌厉。

谢韀却不惧，竟拽住了对方宽大的袖子，直将人拽得低下头来。

听她好一阵温声软语，他这才渐渐转怒为喜。

“好罢，便依你。”

再转向愁予时，便显得温和些许：“夫人曾与内子有恩，也算有些渊源。”

“先前，是玙不周了。”

愁予忙敛衽行礼。

对方又慢慢道：“非是玙不帮你，实是有另一层考虑。”

“陛下刚刚亲政，我与骠骑将军同朝辅佐，若是胡乱进言，恐会被有心人认作结党营私。”

愁予忙道：“不消大人进言，只愿夫君早日归来。”

王玙摇头："恐怕不会太早。"

"可，大人，那牢狱风寒露重，又岂能久待？"

"夫人过虑了，陛下又不会要他的命。"

"可是……"

她还要再说，已被对方淡淡打断："有时牢狱并非惩罚，反倒是保护。"

"若是旁的什么人，陛下倒不会如此大费周章。

"夫人，你且珍惜。"

愁予张了张嘴，竟不知作何反应。

听他的意思，她非但不该怨怼，反倒要跪下感激皇恩浩荡。

王玙等了一会，转身欲走，她忙又道："或者，请您帮我给圣上递个话。"

"什么话？"

"我家将军出征多年，落下满身病痛，或许您和陛下说一声，叫他早些致仕退朝……"

孰料，对方立即打断："慕容垂，已在局中。"

"他要如何退，又能退到哪里呢？"

"大人……"

"闲话休叙。"

王玙说罢，摆了摆手，便沿着长廊往亭中去。

而此刻那亭中人，也正徐徐起身。

见来客似有离去之意，谢鞶连忙上前，一同拜别了那位年轻的天子近臣。

此刻的愁予立在道旁，头顶正有一盏小灯，满身都是滚烫的光影，张牙舞爪地映照着她。

谢岌路过长廊，正从她面前经过。

只见他肩上披着玄底厚氅，上头密密匝匝绣着紫云海棠交错的繁复缛丽图样，领口镶了一圈漆黑的细长狐毛，越发衬得颈子修长。

那昳丽的、寂静的面容微微倾侧，不过轻轻一瞥，竟让她无端闻到一股云海奔涌、铁马冰河的味道。

在如此威慑面前，一切容光都已失去意义。

在没有看到谢岌之前，愁予并无多余的想法。

但此刻她脑海中，却莫名闪现一个词。

——佞臣。

伍

慕容垂于三日后归家。

粗陋的槛车内，华丽的锦茵上，他盘膝而坐，素衣披发跣足，青胡茬冒涌，一副刑囚模样。

愁予将人接回府里，却发觉他浑身滚烫，似在牢里受了大罪。

见到虚弱不堪的父亲，小玉龙显现了空前的担忧。

“阿爷怎么了！”

“阿爷怎么了！”

见女儿不安地绕着榻转悠，愁予耐心劝她：“耶耶没事，你自去玩吧。”

劝了许久，小玉龙始终是不肯走。

直到父亲喝了药沉睡过去，她依旧守在床头，坚持打了一夜的盹儿。

愁予这才发现，自己低瞧了女儿。

小小稚童，竟也有如此孝心。

✧—— 陆 ——✧

第三日清晨，慕容垂渐渐转醒。

瞧他口齿清晰，神志清明，高烧显见是退了。

愁予这才放心下来，又推醒女儿，让用些膳食，她却磨磨蹭蹭。

“不要嘛，我担心阿爷。”

小女孩嘴上还在顽抗，不料一个伴读跑来唤：“龙儿，河湾那边积了厚厚的一层杨花，快去烧之！”

小玉龙顿时忘记烦恼，大呼小叫着，且去燎杨花。

愁予见女儿自去玩了，便取来热水，为大病初愈的丈夫擦身。

慕容垂本是睡眼惺忪的状态，不知为何忽然惊醒了。

“愁予，愁予呢！”

“我在。”

愁予丢了巾子，便俯身到那榻旁。

此刻，门外已有轻薄的熹光，门内却还燃着烛火，两人正在一层晕晕笼笼的暖光里，中间似隔着万千银河星辰。

慕容垂知道，面前的女人向来是好颜色，那弯弯眉形生长得如含衷曲，纤细的睫毛掩着不大爱说话的眼睛，依旧是温柔美貌，只是和从前大不一样了。

时光一日日过去，也带给了她愈加的坚韧与顽强。

被妻子关怀的眸光笼罩着，他忽然便觉得疲乏如潮水一般涌来。

下一秒，便如孩子般倒在了她的膝头。

“没有你，我该怎么办？”

柒

慕容垂是个烂到骨子里也不会喊痛的硬汉。

他悍不畏死，更不畏强。

但此次病愈之后，却总是一言不发。

某一日，他注视着庭院里无忧无虑盘沙泥的小玉龙，忽然无比感伤：“我虽有军功，却为世家忌惮，时局如此，朝夕日变，我拼着这条命，也不知能护着你们到何时。”

愁予从那双碧眸中看到了一丝隐忧：“夫主何以如此忧惧？”

“你不明白……”

“那么，夫主可教我明白。”

她难得如此坚持，慕容垂有些哑然了：“只怕我说出来，你也以为我诓你！”

他似乎想告诉她自己遭遇的一些秘辛，但话到了嘴边，神情却如变了的天，倏忽便是料峭色：“不……此事与你无关，你莫要问了。”

愁予还要追问，慕容垂已将她揽入怀中，换了一个轻松的语调：“实际我与谢岌本是小打小闹，闹到了御前而已。”

“此事因我而起，陛下才将我下了大牢。

“不过是小惩大诫，做个样子罢了。”

如果只是这个缘由，结合“鬼将军”一贯狂傲恣肆的性情，好像也说得过去。

但愁予却觉得，丈夫入朝多么多年，早已被磨去了大部分棱角。

他绝不是不知轻重之人。

慕容垂知她不信，犀利的五官都似乎披上了无尽的寂寥：“我曾以为，龙儿身为我女，这辈子只需做个无忧无虑的废物，如今看来，此话为时过早。”

“若我死了，你和龙儿又该怎么办呢？”

愁予知道他有话说，却不料如此悲凉。

“夫主，好端端的怎么说这些？”

“唉，我实是愧对你们。”

愁予这才明白，他的恐惧来自何处。

曾经的慕容垂一人入朝堂，自然不会软弱，不会退缩，不会眷恋，亦不会恐惧。

可如今，他已有妻有女。

这些世家大族，向来讲究斩草除根。

有此将骠骑将军剪除的机会，谢家，会放过吗？

愁予默然半晌，便轻声道：“我同你一样，是乱世里活够了的人。”

“可龙儿不一样，她还小。

“夫君，我们做父母的，应予她自保之力。”

慕容垂闻言，若有所思。

他没有反驳，而是将她紧紧揽在了怀里。

此刻暮色四沉，夕阳融融照着两人，对视更是如光一撞，撞得人眼底生晕，舌尖都泛起甘甜。

两人都苦了一辈子。

也就指着这点甜了。

捌

在家中休养的这几日，皇帝每每征召，都被慕容垂称病推掉了。

但他倒也没有闲在家中，最近每日晨起，都会将小玉龙拉起来站桩。

待女儿渐渐习惯，又亲自教授她练习骑御、搏击、射箭等不同科目。

如今失心疯的样子，和司徒教子也差不多仿佛了。

小玉龙自然是叫苦连天，但面对她的哭诉，一向惯子的慕容垂却罕见地严厉：“如此乱世，即便是女子，亦不应囿于内宅，失去自保之力。”

“若有可能，更宜踏出世外，去见识山南水北，海雨天风。

“你若不能自立，阿爷又能护你到几时？”

小玉龙闻言，便也含着泪坚持了下来。

令夫妻二人颇为惊喜的是，女儿于武道竟是有些天赋的，不过月余，便能熟练御马骑射，又因日日苦练，渐渐脱了痴肥。

不知何时，竟有了亭亭之意。

不知是不是遗传乃父，她性格大胆却不鲁莽，敏捷却不冒进，且于诡道、骑射上颇为颖悟，再者，经父亲严格教导，之前的那些劣习也渐渐改了过来。

慕容垂有心奖励，便送了匹名马给她。

每每观摩女儿驭马的潇洒风姿，也不禁从旁大声喝彩。

见父女二人投契，愁予笑着端来凉羹，小玉龙却不肯喝，非要上马溜个三四圈，给母亲也看看厉害不可。

慕容垂舒展而笑："谁说女子不如男？"

"我们的龙儿只需好好培养，假以时日，定能成为一朝女将！"

这时，他沉郁的神情总算松动，带了一点微微的、开阔的笑意。

愁予知道，他对未来，亦不是那么地惶惑了。

玖

入冬之后，宫中再次派出宦人，宣慕容垂入朝觐见。

但就和前几次一样，他依旧称病拒了。

据朝中子弟所言，谢安与谢琰所主导的谢氏集团，早已准备了连篇累牍的折子，亟待上朝时发难。

可因为陛下已经罚过，旁人终究不能再越俎代庖。

愁予终于明白，王司徒口中的“珍惜”是何意了。

于是这天向晚，她便做主拦住了宫车，恳切地要求同行：“列位大人，我家夫主病体未愈，请允妾身随行，且向陛下告罪。”

众宦人正愁交差，自然乐成其事。

纷纷赞她：“夫人大义。”

拾

天色渐黑，太阳将将落下去，浓稠的赤霞弥漫上来，一时天边有微光，头顶有星月，红墙绿顶上，是笔墨难描的奇景。

深宫之夜，向来是这样一副诡谲又浓厚的画面。

愁予被宦人接引到阶下，被免了跪礼，只站在阶下回话，这极近的距离，让她第一次清晰地看到了这位年轻皇帝的形容。

只见高冠巍峨，沉沉压着一张苍白小脸，年轻的皇帝瞧着轻柔纤细，下巴尖尖，就连声音也颇为稚嫩。

“朕自小生有弱疾，不喜大声，你再靠近些。”

愁予在闺中时，听说书人讲过很多司马皇族的风流逸事。

据传，这个家族若不能出天资近妖的天才，便会出歇斯底里的疯子。

那些儿时尚看不出端倪的皇子们，在成年后，即会转变为暴虐恣肆的邪魔。先帝在世时，不仅服用少女鲜血制造的红丸，掖庭亦常常传出凌虐奸杀宫妃的丑闻。所生的几个皇子疯的疯，死的死，正是应了如此谶言。

再说当今少帝，乃唯一硕果仅存的皇子，虽不算疯，却先天不足，气虚体弱。

愁予在交际时，甚至听到过最荒谬的传言。

曰当今皇帝，是天阉。

不得不说，见到皇帝的第一眼，她竟有几分信了。

皇帝问愁予所为何来，她便也恭恭敬敬地答了，曰丈夫身患顽疾，请求陛下恩准致仕。

毕竟如今的北府新军，几乎可以称作谢家军。

慕容垂身为唯一的寒门将领，委实尴尬。

然而皇帝坐在深深的王座后，却是深深一叹，轻柔嘶哑："朕就是如此不堪，要令你们一个接一个地抛弃朕吗。"

"陛下……"

愁予连忙跪下，却不知身前的皇帝好像疲惫至极，身子摇晃起来，一旁伺候的宦人见状，连忙拿来引枕，令他靠在皇位上休憩。

不知过去了多久，皇帝再次开口了。

"夫人可曾驭过烈马？"

不等愁予说话，他便低声道："朕刚自河西走道引进了一批高头大马，马儿性烈，名马尤甚。"

"这些马对朕很有用，因此朕命马倌，将其置于高墙圈囿，使它们在饥饿中厮杀、争斗，待全身的力气耗尽了，自然便会十分温驯。"

"夫人可知，朕为何要对你说这些。"

愁予不敢抬头："妾身愚钝。"

皇帝靠在引枕上，继续用疲乏的声音道：“秦失其鹿，天下共逐之。”

“夫人可知，如今的时局下，东邺能走多远，又能走多久？”

愁予没有想过这么多。

她还很乐观地认为，以后会享受更久远的和平。

但皇帝却用笃定而悲凉的语气告诉他：“朕知晓，夫人是担心自己的小家，会在未来的争斗中倾覆。”

“可没有家，哪有国，没有国，又哪有家？”

“因此，朕需要王家、谢家，也需要骠骑将军。”

愁予忽然明白，王谢世族本已高傲，何况手握重兵。

因此皇帝需要世家支持，又要扶持寒门，使他们互相拉扯。

如此东邺，实是风雨飘摇。

她忍不住再次五体投地，跪地膝行，想再求皇帝发发善心，可瘦小的皇帝却忽然大咳起来，他咳得厉害，连苍白的双颧都浮上靡丽的潮红，仿佛下一刻就要昏厥。

愁予有点吓到了。

许是被这声响惊动，之前紧闭的宫门忽然被人推开。

茶盏里，碧汤晃。

烛焰煌煌，照亮天子近臣谢岌年轻英发的面庞。

皇帝看到他，立即压止了自己的咳嗽，用泛起丝丝潮红的面孔对着她：“夫人……的意思，朕已知了，你且去吧。”

“无论如何，必不教你心寒。”

皇帝说话的时候，谢岌便随伺在侧。

他手中还提着食盒，打开红漆顶盖，里面是一盘鲜嫩滴水，白生生的菱肉，只见他挽起袖子，轻轻拈起一颗，竟亲自送到少帝口中。

难以理解，身为世家子弟的谢岌不在军中历练，却频繁出入宫闱，侍奉在帝王身侧，不问而入，入不行礼。

就连皇后也不敢多言。

愁予眼睁睁看到他以手哺喂，状极狎昵，而皇帝依在他的臂弯里，只是挥挥手，命人将慕容夫人送出宫门。

就在此时，她忽然明白了。

明白慕容垂确然是撒了谎——他与谢岌，并不是小打小闹。

不，真正的真相是：

他看到了不该看的东西。

——拾壹——

愁予人已走出殿门，还能听到那佞臣婉约动听的嗓音，正在身后回荡："陛下这场高烧委实蹊跷，怎的一个月竟病了两回。"

"你的意思，是朕故意生病？"

"陛下若不生病，又怎以病容换取臣下怜惜呢？"

"……"

愁予越听越觉得窒息。

堂堂皇帝，却要以病容取乐于佞臣，实是奇耻大辱。

她忍不住往殿宇深处看了一眼，只见那威仪青年此刻正跪在皇位旁，将天子纤细的手指细细擦拭，一一收拢在掌心。

身为近臣，谢岌的一举一动，都像是经过精心设计。

风度姿仪，完美无瑕。

但在那美貌的皮囊下呢？

愁予不禁想。

那或许是一颗玩弄权柄，泛着毒汁的心。

拾贰

白日里又下了一场大雪。

天晴以后，此刻明亮的月牙又挂在了梢头。

愁予出了宫门，便见一个披着斗篷的身影形单影只，正立在白茫茫雪地里。

只一眼，她便认出了那熟悉的身影。

那人见她出来了，便疾步上前，将那冰凉的小手揣在自己心窝：“陛下还要用我，他不会舍得杀我。”

“倒是你，怎可自作主张？”

话语有些责怪，神情却皆是后怕。

愁予摇摇头：“不过是怕你受累。”

前些年，由慕容垂为前锋的北府军一路向北打上了洛京，只差一步就能收复原先的帝都，建康之中，人心振奋。

可无人知晓。

为将十多年，他腿脚都已落下病根，夜里都要几番挣扎才能入睡。

愁予实在是心疼他，可对方却不领情：“你可知这是什么地方，若陛下一个不高兴，你今日还能活着回来吗？”

愁予本欲抚慰几句，不意下一秒，对方忽然展开了手臂。

他的怀抱是那样紧，甚至令她身上疼痛起来。

她哑然：“不会的。”

陛下，也很可怜啊。

慕容垂还要说什么，一个宦人提着纱灯，正远远从宫门奔来，将一个红漆盒子送到了愁予手上。

“夫人，这是陛下赠予你的。”

愁予眼尖地认出，这个红漆食盒是之前被谢岌盛过菱角的，很显然，皇帝是在匆忙之中，作出了赠物的决定。

本以为只是赐了些吃食，可慕容垂打开看，里面竟是一张泥金色铁封。

只瞧那上面密密麻麻的小字，如铁划银钩，笔画峥嵘。

——那竟是一张丹书铁券。

除了王家扶立新君时所赐的，这是皇族赐下的第二张丹书，可对于慕容垂来说，这却是赐予寒门出身的他，一张无比珍贵、真正的免死金牌。

他喉头颤动着，眼睑却渐渐红了。

愁予眼见丈夫将那宝贵的丹书掖在胸口，又朝皇城拜了拜，接着便背过身去，深深弯下腰来。

愁予闻弦音而知雅意，便攀着那宽阔的肩，一跃趴到了他背上。

慕容垂小心地在雪中走着。

背上是轻盈瘦削的身躯，仿佛一阵纵情的颠沛便可令她受伤。

可他却深深地知道，一晃十多年，他辗转军中斡旋，饱受世族倾轧，在无数个苦楚不胜的深夜，都是她用柔弱的肩膀撑起了他。

从西向东，从南往北。

他的灵魂追逐着这个女人。

也只有在她枕畔，他才能得到一刻真正的静谧与安枕。

连绵的大雪已下了两日，将整个建康连成一片白，漫长的路途中，他就这样背着她，在官道上深一脚、浅一脚地缓行。

不知不觉，月亮快要落了。

弯弯一痕的上弦月，他仰面看了许久，才想起那月亮像什么。

像她的眉，弯弯长长。

他不禁抬了抬背后的妻子：“今日，父亲来府中苛责我，说我膝下空虚，迄今只一个女儿，实在是愧对列祖列宗。”

愁予趴在他肩上，倒也悠哉：“夫君是如何说的？”

“我们有玉龙大将军，便足够了。”

“……父亲要气厥了。”

慕容垂坦然道：“那也随他去。”

“妇人生产凶险，我只怕你不小心死了，想要你活得长长的。”

愁予闻言，忍不住笑了：“女人生产是自然之事，怎会那么容易死。”

本想排揎他两句，毕竟丈夫早已不是少年，却时常说些不合时宜的话，但想到那话中常常流露失去她的畏惧，她的眼便湿了。

“雪深了，你缓缓归吧。”

“好。”

城墙之外，那片原本死寂的雪地犹如沉睡了的荒野，忽然间苏醒了过来。

目力所及的尽头，一片雪雾似乎被狂风卷的拔地而起，茫茫遮天，挡住了苍穹之上的一点星月，大雪似乎又要卷土重来。

天地一片昏茫，他们依旧互相扶持着。

互相温暖着。

走向这场大雪的尽头。

后记

作者的话：

新的尝试，新的起点！

需要告知大家的是，这本《春风酿山河》原来是我打算放弃的文，万万没想到，最后却成为自己写书生涯的最强高光！

大家一定难以置信，这本有着千万级阅读量的书，刚开始阅读量简直低到离谱，数据甚至差到难以上架——

万幸，当时的我坚持了下来。

咬牙坚持到了剧情过半，这本书的流量忽然飙升，一周不到就有了百万阅读，再之后就是三百万，五百万，一千万——

当是时，身边的很多写手都告诉我，写书要追榜，要跟风，要套路，要反转。

而我写这本书的时候，以上一样都没有做，只是像雕琢璞玉一样，用不放弃的心情，琢字又琢句，将一本本该拖进回收站的废文，雕琢成自己都难以逾越的精品。

毫不夸张地说，整整五万字，里面每一句话我都反复调整过。直到整篇文读起来像王郎君的丝衣一样，顺畅又丝滑（笑）。

也就在一年之后，蓦然回首才知道。

原来这就是“蓄力”。

就像一点一点筑起大坝，无论这大坝多么雄伟巍峨，一切过程的目的，永远是为了那大坝泄洪瞬间的酣畅淋漓，就在这足够的蓄力之下，这本书忽然逆袭，扶摇直上——

就像我一贯倒霉的人生，终于迎来了惊喜。

除了绝地逢生的数据之外，更令人惊喜的是读者对这本书的评价。

我想大家在看文时，一定注意到了男女主角特立独行的人设：女主锦屏，日日撩汉，只为找个能吃穿不愁的高门，男主王玙，清高傲慢，向来只用完美的鼻孔看人，两人身上的瑕疵加起来比优点还多。

然而，就是这样特殊而不完美的人设，却赢得了大家的理解与认可。

在策划男女主角的人设时，笔者没有选择比较脸谱化的设定，而是选择了阴影与高光并存。

如王郎君运筹帷幄、却失之机敏，慕容垂坚韧果断、却偶有残暴，锦屏聪颖有余、却优柔寡断，江愁予清醒独立，却过于执拗。

笔者认为，完美的人是不存在的，也是虚假的。

能让人物真实饱满的，只有与高光并立的阴影。

那就是“缺憾”。

是“瑕疵”。

是“真实”。

人是一切环境的总和。

看锦屏，不能光看到一个肤浅的贱户女，看王玙，也不能光看他身上重重的锦绣花纹，更重要的是看到他们的背景，他们的追求，和他们身上可贵的品质。

事实上，对于王玙这个性格傲慢的男主角，我一开始也是非常惶恐的，惶恐自己无法驾驭，最后写出一个四不像来。

万万没想到，特立独行的王郎君非常受到大家的喜爱！

他的秉性，他的执着，他的傲慢，共同构成了这个与众不同的男子，就像那本名著《傲慢与偏见》一样，他用自己的行动告诉大家，傲慢的人也有一颗真心，甚至比那些软弱的人更加炽热真挚。

再递进一层来讲，可贵的不止是人，还有人和人之间的感情。

在这样重重因素的推进下，我最终写出了两个原本天差地别的人，在家国生死中颠沛流离，相知相许，从而彼此依靠，彼此扶持的故事。

而这个故事，也可以说是我人生的一个小巅峰。

接下来，我们再聊聊慕容垂。

在西晋结束，皇朝南渡之后，士族与寒门的界限基本固定，只有极少数的寒门能够上升为士族。

慕容垂，就是其中的一支。

在当时的背景下，士族不做事，而负责繁务事务的小官，谓之"浊官"，以标榜士族的门第高贵。

所有辛苦、繁复、需要流血冲杀的庶务，基本都落在了寒门头上。

因此，如果王司徒是傲慢风，那么慕容将军就是“战损风”。

作为一位有实力又俊美强大命运悲惨的人物，他的人生从遇到了愁予开始改变。

两人都是从底层走出的人，从相遇到相知，他们一步步建立起信任，一步步成为彼此人生路上的伴侣，这正是大部分普通人心中理想的姻缘。

而比起慕容垂，更加值得书写的是江愁予。

魏晋时代，女子还没有像明清时代那样受到严格的管制与约束，和男子一样，她们可以在闺房里吟诗作赋，也可以到社会上从事生产。

在两个不同的故事里，我借着锦屏和愁予，向大家分享了不同风格、不同年龄，极具代表又脱俗于常世的女性，她们的形象特征代表了魏晋时代女性的精神面貌，是潇洒不羁的，更是敢爱敢恨的。

她们当中，有些甚至具有超越男性的气度格局与政治才能。

即便脱不开女性被压迫的封建背景，她们也可被称为“大女主”。

她们同样在历史的洪流中挣扎，并靠后天的努力，成了自己人生的主人。

就像我，和后世千千万万、普通和普遍的女性一样。

成为作者之后，我向来认为执笔之人有义务发掘更多更饱满，更突出的人设与故事，以启迪读者对人性、对爱情、对自我更多的思考，以丰富和扩展各种文学作品的外延。

而我向来如此做，以后更会如此做——

就像锦屏在逆境中把握向上的人生一样。

春风酿醉了山河，
这轮月，
终是落在了我怀中。
在此，笔者也祝大家学业顺利，事业顺利，感情顺利。
永远炽热，永远向上，永远用力地生活！

泽殷zern　敬上